VIE

DE

SAINT FRANÇOIS D'ASSISE

FONDATEUR DE L'ORDRE SÉRAPHIQUE

1182 - 1226

PAR L'ABBÉ BERTHAUMIER

REVUE ET COMPLÉTÉE

PAR LE T. R. P. RAPHAËL

PROVINCIAL DES FRANCISCAINS DE L'OBSERVANCE

TOURS

ALFRED MAME ET FILS

ÉDITEURS

VIE

DÉ

SAINT FRANÇOIS D'ASSISE

—

3ᵉ SÉRIE IN-12

Embrassement de S. Dominique et de S. François. (P. 107.)

VIE

DE

SAINT FRANÇOIS D'ASSISE

FONDATEUR DE L'ORDRE SÉRAPHIQUE

(1182-1226)

PAR L'ABBÉ BERTHAUMIER

REVUE ET COMPLÉTÉE

PAR LE T. R. P. RAPHAEL

PROVINCIAL DES FRANCISCAINS DE L'OBSERVANCE

—

NOUVELLE ÉDITION

TOURS

ALFRED MAME ET FILS, ÉDITEURS

—

M DCCC LXXXVIII

AUX MEMBRES

Cette *Vie de saint François d'Assise*, malgré son volume relativement restreint, n'en demeure pas moins complète. Aucun des traits saillants de cette grande figure du XIII° siècle et du moyen âge n'a été oublié. Sobre de considérations morales ou philosophiques, l'auteur a su mettre dans tout son jour le portrait qu'il esquissait. On voit à peine paraître l'historien. C'est François qui se montre agissant, parlant, triomphant de lui-même et exerçant ensuite sur ses contemporains, subjugués par sa vertu, l'action la plus profonde peut-être et la plus durable qu'un mortel ait jamais produite sur l'humanité.

Cette nouvelle histoire du pauvre d'Assise conserve ainsi sa physionomie propre et son mérite particulier après les ouvrages, excellents du reste, qui de nos jours ont paru sur le même sujet.

Utile à tous, sans aucun doute, nous offrons pourtant de préférence cette vie admirable à tous les enfants du patriarche d'Assise, et en particulier à ces cent mille chrétiens qui, dans notre patrie, appartiennent au troisième ordre séraphique, et sont heureux d'appeler saint François *leur père*. Le volume que nous leur présentons est presque en entier l'œuvre d'un tertiaire. La mort est venue trop tôt enlever à l'Église et à l'ordre séraphique ce prêtre infatigable, qui s'était dévoué avec tant de zèle et de talent au service de l'une et de l'autre. Dieu a voulu couronner cette âme sacerdotale avant de lui laisser terminer la vie des saints de l'ordre qu'il avait ébauchée. Nous qui acceptons avec bonheur la charge consolante de réaliser ses pieux desseins, nous devions payer ici une dette de justice et de reconnaissance à la mémoire de M. l'abbé Berthaumier.

A vous aussi, jeunesse chrétienne, nous dédions cette histoire. Vous la préférerez, nous en sommes sûr, à tous ces romans insalubres que vomit la presse contemporaine, et qui perdent tant d'âmes. Vous trouverez d'ailleurs dans François d'Assise, que ses concitoyens avaient surnommé *la Fleur de la jeunesse,* un grand modèle que vous admirerez toujours, que vous pourrez imiter quelquefois. Vous verrez comment cette âme ardente et impétueuse, aimante et passionnée, avide de gloire et de plaisir, a su, avec le secours de la grâce, profiter de son caractère et de ses passions natives pour atteindre la plus sublime perfection.

Puisse maintenant ce petit volume aller partout faire connaître et aimer saint François d'Assise, répandre partout le doux parfum de ses vertus, suggérer aux uns l'amour de leur médiocrité, aux autres le détachement des richesses éphémères, à tous l'esprit séraphique, personnifié dans le crucifié de l'Alverne, dans le sacrifice et dans l'amour divin!

Fr. RAPHAEL,

Mineur observant.

De notre couvent de Bordeaux, le 8 décembre 1872.

VIE

SAINT FRANÇOIS D'ASSISE

FONDATEUR DE L'ORDRE SÉRAPHIQUE

(1182-1226)

CHAPITRE I

Naissance de Jean Bernardone. — Triple apparition; surnom de François. — Ses études. — Jeunesse mondaine,
mais pure et compatissante. — Premiers attraits de la
grâce. — La prison de Pérouse. — Une utile maladie. —
Générosité croissante. — Derniers coups de la grâce. —
Baiser du lépreux. — Vision de Jésus crucifié. — Pèlerinage au tombeau de saint Pierre et de saint Paul.

« A Assise naquit pour le monde un soleil comparable à celui qui semble sortir du Gange. Que
l'homme qui veut parler de ce lieu ne le nomme
pas Assise, ce nom dirait trop peu; qu'il l'appelle
Orient, s'il veut employer le mot propre. »

Ainsi, dans son enthousiasme, s'exprimait le
Dante moins d'un siècle après la mort de saint Fran-

çois; les générations n'ont point démenti sa parole, le soleil n'a rien perdu de son éclat, Assise est toujours un orient vers lequel aime à se tourner le regard du chrétien.

François vint au monde l'an 1182. Une circonstance particulière ou plutôt miraculeuse accompagna sa naissance; sa mère, en proie aux douleurs de l'enfantement, redoutait quelque grave malheur, lorsqu'un pèlerin d'un extérieur grave et imposant vint frapper à la porte de la maison, et dit, après avoir reçu l'aumône, aux personnes présentes : « Faites porter cette femme dans une étable, et là elle enfantera aussitôt. » Cette parole du pauvre fut acceptée comme un avertissement du ciel; en effet, à peine déposée dans l'étable contiguë à sa demeure, l'heureuse mère donna le jour à son premier-né.

Le père de l'enfant était Pierre Bernardone Moriconi, riche marchand venu de Lucques à Assise, d'où son commerce s'étendait dans toute la contrée, et le mettait en communications fréquentes avec les Français, dont les relations avec l'Italie s'étaient accrues extraordinairement depuis les croisades. Sa mère, nommée Pica, était une femme d'une foi vive et sachant allier le soin des affaires domestiques avec ses devoirs religieux. Reconnaissante du bienfait dont elle avait été favorisée à la naissance de son fils, elle le présenta aussitôt au baptême et voulut, comme autrefois la mère du saint Précurseur, qu'il fût appelé Jean. Le même pèlerin parut alors de nouveau, tint lui-même l'enfant sur les fonts sacrés, se prosterna ensuite devant le tabernacle et disparut en laissant sur le marbre du sanctuaire l'empreinte de ses genoux.

Quelques jours après, un autre pèlerin, ou peut-être le même, vint demander l'aumône à la maison du marchand d'Assise. Ayant pris l'enfant entre ses bras, il le serra doucement contre son cœur, marqua avec son doigt son épaule droite du signe de la croix, et lui adressa à lui-même, comme si déjà il eût été doué de raison, des paroles mystérieuses, toutes brûlantes de l'amour divin; puis, le rendant à sa nourrice, il ajouta : « Sachez que cet enfant, une fois parvenu à la maturité de l'âge, deviendra un grand personnage devant Dieu, et arrivera à un tel degré de perfection, qu'il sera compté parmi les hommes les plus saints de l'univers. Déjà les démons portent envie à sa vertu; prenez garde de ne point le laisser, par votre négligence, exposé à leurs embûches. »

La jeunesse du fils de Bernardone ne sembla pas d'abord répondre à de si heureux pronostics. Ses rapports fréquents avec des marchands français l'avaient initié de bonne heure à la connaissance de leur langue, et lui avaient acquis le surnom de *Français* ou, comme on écrivait anciennement, de *François,* surnom appelé à devenir bientôt son nom propre, le seul sous lequel ses contemporains et la postérité devaient le connaître. A cette intelligence de la langue française, son père voulut joindre celle de la langue latine, en usage dans tous les pays où le catholicisme avait pénétré, et surtout dans les pays alors accessibles au commerce; langue d'ailleurs facile pour les Italiens, dont l'idiome était encore peu distinct du latin.

Les études de François n'allèrent guère au delà; son père, homme avide de gain, le retira vite des écoles pour l'appliquer au commerce, tout en lui laissant, par un de ces caprices de l'amour paternel assez communs chez les gens de son espèce, une grande latitude pour les dépenses mondaines.

Le jeune marchand en usa au delà des prévisions de son père. Plein de vivacité et d'entrain, d'une humeur toujours joyeuse, il fut bientôt le chef de la jeunesse d'Assise; on le vit en tête de ses jeux, de ses chants et de ses festins. L'argent n'était rien pour lui, surtout quand il était question d'obliger ses amis et de gagner leur estime; le prince le plus splendide n'eût pas fait les choses plus grandement. En vain Bernardone murmurait et rappelait François aux règles sévères de l'économie, ses réprimandes ne portaient aucun fruit. La mère, de son côté, voyant le jeune homme se conserver pur au milieu de ses divertissements et n'en comprenant pas tout le péril, souriait et applaudissait à ses folles dépenses ; c'était pour elle l'indice d'une âme supérieure au vil attrait des biens terrestres, et appelée à jouer un rôle important dans les affaires publiques.

François gardait, en effet, son cœur pur des entraînements de la chair, malgré les exemples de compagnons adonnés au désordre. De grandes et précieuses qualités combattaient en lui ce penchant extrême à une vie de dissipation. « Le Seigneur, dit

saint Bonaventure, avait mis en son âme un sentiment de compassion qui le rendait libéral envers les
pauvres, et ce sentiment, développé de jour en jour,
avait rempli son cœur d'une bénignité si grande,
que, fidèle observateur de l'Évangile, il s'était pro-
posé de ne jamais refuser l'aumône à personne, et
surtout à celui qui la lui demanderait pour l'amour
du Seigneur. Une fois pourtant, tout entier aux affaires de son commerce, il renvoya, sans rien lui
donner, un pauvre qui le priait de la sorte; mais,
rentrant aussitôt en lui-même, il courut après cet
homme, lui fit une largesse abondante et promit à
Dieu de ne plus jamais à l'avenir, autant qu'il serait en son pouvoir, laisser s'en aller les mains vides
quiconque lui aurait demandé pour son amour. Il
demeura jusqu'à la mort fidèle à cet engagement
avec une charité infatigable, et mérita ainsi de
croître dans l'amour et la grâce du Seigneur. Il disait plus tard qu'étant dans le siècle, il n'avait jamais entendu parler du divin amour sans sentir son
cœur entièrement ébranlé. »

On admirait encore en lui une douceur, une mansuétude, une affabilité extraordinaires; mais il y
avait loin de ces qualités naturelles, de ces quelques
vertus chrétiennes, à ce que le maître suprême attendait de François. Il l'invitait à une vie merveilleuse tantôt en lui présageant sa grandeur future,
tantôt en le faisant passer par les humiliations; sa
grâce le sollicitait, elle le poursuivait, et la voix divine n'arrivait pas jusqu'à son intelligence pour
l'éclairer, jusqu'à son cœur pour le convertir. Un

pauvre lui avait parlé à plusieurs reprises des choses
merveilleuses qu'il était appelé à accomplir, il n'en
avait tenu aucun compte. L'an 1201, les habitants
d'Assise étant en guerre avec ceux de Pérouse, il
fut fait prisonnier, et, comme à Joseph, le Seigneur
lui fit entendre dans sa prison de consolantes paroles; il n'en pénétra pas le sens.

De retour dans sa patrie, il continuait son commerce sans rien changer à ses habitudes, lorsqu'il
tomba gravement malade. En proie durant de longs
jours à une fièvre dévorante, épuisé en son corps,
il commença à comprendre la vanité des joies mondaines et à ressentir un dégoût profond des plaisirs
de la terre. L'ardeur de la maladie s'étant calmée
peu à peu, il se traîna, appuyé sur un bâton, vers
un lieu d'où son regard embrassait toute la campagne, espérant par ce spectacle ranimer ses esprits
abattus. Mais son imagination si riante jusqu'alors,
flétrie en quelque sorte par la souffrance, ne lui dit
rien; les vertes prairies, les moissons jaunissantes,
les arbres déjà chargés de fruits passèrent devant ses
yeux sans les réjouir. Sa pensée se reporta sur ses
joyeux compagnons, et leur vie lui sembla une vie
insensée, digne de mépris. Il se considéra lui-même,
et il parut vil à ses propres regards; il prit en pitié
les folies de sa jeunesse. Cependant ce ne fut là
qu'une impression passagère; Dieu devait intervenir plus ostensiblement pour opérer en ce jeune
homme une conversion parfaite.

Revenu à la santé, il se retrouva avec ses goûts
pour les riches vêtements, la dissipation, les vaines

frivolités; les sages réflexions inspirées par la maladie s'effacèrent comme un rêve au souvenir importun; encore quelques jours, et il se mit de nouveau à la tête de la jeunesse d'Assise. Cependant il
se montra plus libéral encore envers les pauvres; la
vue de leur misère le touchait plus profondément;
il ne se bornait plus à les aider de sa bourse, il se
dépouillait de ses habits pour couvrir leur nudité.
Un jour il rencontra hors des murs d'Assise un
chevalier d'un extérieur majestueux, mais pauvrement vêtu. Ému de son état, il ôte son manteau,
l'offre au chevalier, reçoit en échange le sien, troué
de toutes parts, et s'éloigne, heureux d'avoir soulagé l'indigence d'un tel personnage. La nuit suivante, il vit un palais splendide, rempli d'armes
marquées du sceau de la croix. Ayant demandé pour
qui étaient ces armes et ce palais, une voix du ciel
lui répondit : « Tout cela t'es destiné à toi-même
et à tes soldats. »

Exalté par cette vision et se croyant appelé à devenir un grand prince, il résolut de se rendre dans
le royaume de Naples, afin d'y combattre sous les
ordres de Gauthier de Brienne, alors occupé à soutenir ses droits sur cette contrée, et, ayant fait part
à sa famille de ses magnifiques espérances, il se
dirigea vers Spolète, où il arriva le soir même. Durant la nuit, la même voix se fit entendre de nouveau : « François, lui dit-elle, qui peut faire plus
pour toi du maître ou du serviteur, du riche ou du
pauvre? — C'est le maître et le riche. — Alors
pourquoi laisses-tu le maître pour le serviteur, le

Dieu souverainement riche pour un homme pauvre?
— Seigneur, s'écrie François, que voulez-vous que
je fasse? — Retourne dans ton pays, la vision dont
tu as été favorisé présage des choses spirituelles;
leur accomplissement ne saurait avoir lieu que par
l'intervention du ciel. »

Dès le lendemain, il reprit le chemin d'Assise
pour y attendre les ordres du Seigneur. A dater de
ce jour, il s'adonna avec plus de ferveur à la prière;
son âme se sentit plus ardemment éprise du désir
des biens célestes; le monde lui sembla plus digne
de mépris, et si, à quelques rares intervalles, on le
vit se joindre encore aux promenades bruyantes de
ses anciens compagnons, on put bien vite s'apercevoir que son esprit n'était plus là; d'autres pensées
l'agitaient; seulement il ignorait encore par quelle
voie il dirigerait ses pas vers la perfection. Il s'appliquait à secourir les pauvres en toute circonstance
et à se vaincre lui-même.

Un jour qu'il traversait à cheval la plaine d'Assise, il rencontra un lépreux dont la vue inopinée
le remplit d'horreur; mais, se rappelant aussitôt ses
desseins de perfection, il met pied à terre et se hâte
d'aller embrasser le lépreux en lui faisant l'aumône.
Cette victoire le remplit de consolation, et, tandis
que, remonté à cheval, il se retourne pour saluer
encore le lépreux, il ne voit plus que la plaine solitaire... François comprit qu'un ange lui avait apparu sous la forme d'un lépreux, et, rempli d'allégresse, il promet d'être tout à Dieu.

Quelques jours après, s'étant retiré dans un lieu

solitaire pour y prier avec plus de recueillement,
il se trouva tout absorbé en Dieu, et Jésus-Christ
lui apparut attaché à la croix. A ce spectacle, François sentit son âme se fondre au dedans de lui-
même, et le souvenir de la passion divine s'imprima si profondément en son cœur, que dans la
suite il pouvait à peine retenir ses larmes et ses sanglots à la pensée de la croix. Cette vision se résuma
pour lui en ces paroles : *Si vous voulez venir après
moi, renoncez-vous vous-même, portez votre croix
et suivez-moi.*

« Dès lors, ajoute saint Bonaventure, François se
revêtit de l'esprit de pauvreté, des sentiments de
l'humilité et de la vive ardeur d'une piété sincère.
Auparavant il avait en horreur la société des lépreux ; il ne pouvait les regarder même de loin ; aujourd'hui, se souvenant de Jésus crucifié, devenu
semblable à un lépreux dans sa passion, selon la
parole du prophète, il rend avec amour aux lépreux
les services les plus humbles ; il les visite dans leurs
propres demeures, leur fait généreusement l'aumône, les embrasse avec une tendre compassion et
leur baise les mains.

Non content de donner aux pauvres ce qu'il pos-
sédait, il désirait se donner lui-même. Tantôt il se
dépouillait de ses vêtements pour les en couvrir,
tantôt il les décousait et les déchirait pour leur en
offrir une portion, lorsqu'il n'avait rien autre chose
sous la main. Ayant fait, vers le même temps, un
pèlerinage au tombeau des saints apôtres Pierre et
Paul, il alla, au sortir de leur église, se joindre sur

la place à une troupe de pauvres, donna à l'un d'eux ses vêtements en échange de haillons dont il se couvrit et passa tout un jour en leur société.

La tentation ne tarda pas à l'assaillir; plus d'une fois le monde s'offrit à sa pensée avec ses images séduisantes et tous les sophismes dont il a coutume de s'armer pour affaiblir dans l'âme du juste l'amour de la vertu; le jeune converti demeura inaccessible à tous ses efforts : la voix seule de Dieu trouvait entrée en son cœur, sa loi sainte avait seule la puissance de l'impressionner.

CHAPITRE II

Tel était François quand le Seigneur daigna se
manifester à lui d'une façon nouvelle. Au commencement du XIIIᵉ siècle, on voyait, à environ quatre
cents pas des remparts d'Assise, un oratoire dédié
à saint Damien, et dont les murs délabrés attes-
taient un besoin urgent de réparations. Un jour,
c'était vers l'an 1206, François, se promenant dans
la campagne, entra, poussé par l'esprit de Dieu,
dans cette pauvre église afin d'y prier. Là il répandit
longtemps son âme devant l'image de Jésus crucifié; il paraissait agité, et, dans les transports de
sa prière, il s'écria par trois fois : « O Dieu grand
et glorieux, Jésus-Christ mon Seigneur, illuminez,

je vous prie, les ténèbres de mon âme. Donnez-moi
une foi droite, une espérance inébranlable et une
charité parfaite. O mon Seigneur, que je vous con-
naisse de telle sorte qu'en toutes choses j'agisse selon
votre sainte et véritable volonté. »

Et ses yeux baignés de larmes demeuraient fixés
sur l'image sacrée; il semblait attendre une réponse, lorsque le crucifix lui fit entendre ces paroles : « Va, François, répare ma maison; elle
tombe en ruines, comme tu le vois. »

Le jeune homme était seul; cette voix lui causa
un frisson involontaire; il se demanda s'il n'était
point le jouet d'une hallucination; mais la même
voix lui cria de nouveau : « Va, François, répare ma
maison; elle tombe en ruines, comme tu le vois. »

Alors sa frayeur redoubla; tout tremblant, il se
demande d'où vient un pareil langage, et une troisième fois le crucifix redit ces paroles : « Va, François, répare ma maison; elle tombe en ruines,
comme tu le vois. » Il comprend alors que c'est
Dieu qui lui parle, et son esprit est ravi en extase
par la vertu de cette voix divine. En ce jour, on
peut le dire, commençait dans les décrets du ciel
l'ordre appelé dans la suite l'*ordre des Frères mineurs, l'ordre séraphique;* il était tout entier dans
ces paroles adressées à François; lui-même n'en
comprend pas encore le sens; le Sauveur juge nécessaire de l'affermir d'abord dans la vertu, de le
préparer par l'humiliation, la pénitence et le renoncement parfait à la manifestation entière de sa volonté; il veut le conduire à n'avoir pas où reposer

sa tête en ce monde avant de lui communiquer toute sa pensée. Cette réparation si urgente de la maison de Dieu, il l'entend donc de cette pauvre église Saint-Damien.

Revenu de son ravissement, il se lève, va à la maison paternelle, prend quelques pièces d'étoffes qu'il s'empresse d'aller vendre à Foligno, et en rapporte le prix au chapelain de l'oratoire. Ce vertueux prêtre, étonné et heureux de la ferveur du jeune néophyte, refuse son argent; mais il l'admet lui-même, selon son désir, à séjourner quelque temps dans sa modeste demeure. Alors François, plein de mépris pour les choses de la terre, jette cette somme sur une fenêtre de l'église, sans en tenir plus de compte.

Cet acte du fondateur d'un grand ordre n'a pas échappé aux observations malignes de critiques trop heureux de trouver à blâmer dans ce premier mouvement d'un homme encore novice dans les voies de Dieu; ils n'ont pas manqué de reprendre sa manière d'agir en cette circonstance comme gravement entachée d'injustice. Les historiens, de leur côté, ont réuni toutes les raisons propres à expliquer sa conduite. La justification la plus simple de François se trouve, croyons-nous, dans ce que nous avons rapporté de sa vie. Associé aux affaires de son père, il s'est livré jusqu'à ce jour à des dépenses considérables pour ses plaisirs; il a vécu plus en grand seigneur qu'en marchand; il a été prodigue d'aumônes; jamais un pauvre n'a éprouvé de refus de sa part; il a donné jusqu'à ses propres vêtements. Bernardone a été témoin de tout; il a murmuré quel-

quefois assez haut des prodigalités de son fils, mais
sans y mettre obstacle ; la mère a tout vu également, et elle a applaudi. Or la caisse paternelle a dû
fournir à ces dépenses ou bien le magasin ; lors donc
qu'il est question de réparer l'église Saint-Damien,
le jeune homme n'a pas recours à un expédient nouveau ; il fait ce qu'il a fait déjà en plus d'une circonstance pour se procurer de l'argent. Sans nul doute
le père ne trouverait pas plus à redire à cette action
qu'à tant d'autres plus dispendieuses, si en même
temps il ne voyait François abandonner sa maison,
renoncer au commerce et embrasser un genre de vie
étrange. Les reproches qu'il va lui adresser, les mauvais traitements dont il les accompagne, n'ont donc
pas pour motif seul l'avarice ; il est plus juste de les
considérer comme autant de tentatives de l'amour
paternel à bout de moyens et frustré dans l'espérance d'avoir en son fils un héritier de sa fortune,
un successeur de ses entreprises. Cet argent, il n'en
est question que longtemps après ; au premier moment, la pensée d'une injustice ne se présente même
pas à l'esprit du père.

Alors commence pour François une longue série
de persécutions. Bernardone, instruit de ses desseins et jugeant sa maison déshonorée s'il n'y met
obstacle, prend avec lui quelques-uns de ses proches
et accourt furieux à Saint-Damien. François con-
naissait déjà ses menaces ; il pressentait son arrivée ; encore novice dans les combats du Seigneur,
et voulant donner à la colère paternelle le temps de
s'adoucir, il se cacha dans une caverne obscure où

il demeura un mois, conjurant avec larmes le souverain maître de le délivrer des mains de ceux qui étaient à la poursuite de son âme, et de lui fournir, dans sa bonté miséricordieuse, les moyens de mettre à exécution les pieux desseins qu'il lui avait inspirés.

Affermi par la grâce, honteux de sa pusillanimité, il quitta enfin sa retraite et se dirigea vers Assise. Quand ses concitoyens le virent le visage défait et abattu, quand ils l'entendirent tenant un langage nouveau et si peu en rapport avec ses anciennes habitudes, ils crurent qu'il avait perdu l'esprit et le poursuivirent de leurs insultes à travers les rues, comme un fou et un insensé. Le serviteur de Dieu, loin de se laisser ébranler par ces insultes, s'avançait comme un homme étranger aux choses extérieures ; mais son père, attiré par le bruit, s'élança furieux à sa rencontre ; il l'entraîna dans sa maison, l'accabla de reproches, puis de coups, et le chargea de chaînes. François accepta tout sans murmure ; son âme se réconfortait au souvenir de ces paroles : « Bienheureux ceux qui souffrent persécution pour la justice ; le royaume des cieux leur appartient. »

Cependant le père s'en alla bientôt en voyage ; la mère, affligée d'une rigueur dont l'inflexible courage de François lui démontrait l'inutilité, le délivra de ses chaînes. Il rendit grâces au Seigneur et retourna aussitôt à Saint-Damien. Bernardone, à son retour, s'emporta en injures contre son épouse et courut plein de fureur au lieu où il espérait découvrir le fugitif, afin de le ramener, s'il était possible, ou au moins

2

de le chasser de la province. Le temps de la crainte n'était plus ; François alla s'offrir lui-même aux emportements de son père ; il lui déclara qu'il ne comptait pour rien ni ses chaînes ni ses coups, qu'il était prêt à souffrir bien d'autres peines pour le nom de Jésus.

Exaspéré, le père songea alors à rentrer en possession de son argent ; il lui fut rendu aussitôt. Peu satisfait d'avoir recouvré le prix de ses marchandises aussi facilement et de se voir enlevé ainsi un moyen fécond de chicanes, il traduisit son fils devant les juges d'Assise, afin qu'ils eussent à prononcer sur sa conduite ; mais François, se regardant comme engagé déjà dans la vie religieuse, déclina leur compétence, et les juges, peu envieux de servir la passion d'un homme dont les procédés indignaient les gens de bien, renvoyèrent volontiers l'affaire au tribunal de l'évêque. Bernardone n'hésita pas à poursuivre son fils jusque-là et à exiger de lui une renonciation à tout droit sur son héritage. Cette fois ses vœux furent exaucés au delà de ses espérances ; sans se soucier de l'avenir, sans se préoccuper du présent, sans faire aucune observation, le jeune homme se dépouilla de ses vêtements et les rendit à son père en lui disant : « Jusqu'à ce jour je vous ai appelé mon père sur la terre, maintenant je puis dire en toute assurance : *Notre Père qui êtes aux cieux ;* en ses mains j'ai déposé tout mon trésor, en lui seul j'ai placé toute mon espérance. »

L'évêque, transporté d'admiration à la vue d'un tel amour de Dieu, se leva aussitôt, pressa en pleurant François dans ses bras, le couvrit de son propre manteau et ordonna à ses serviteurs de lui donner de quoi se vêtir. On lui offrit l'habit pauvre et grossier d'un laboureur au service de l'évêque; l'homme de Dieu le reçut avec reconnaissance et traça lui-même dessus la figure de la croix. Ce vêtement montrait à la fois l'homme crucifié et le pauvre à peine couvert.

Ainsi, ajoute saint Bonaventure, dont nous reproduisons les paroles en tout ce récit, le serviteur du Roi suprême demeura dépouillé de tout, afin de marcher à la suite de celui qu'il aimait, à la suite de son Seigneur attaché nu à la croix, afin de pouvoir, muni de ce signe sacré, confier son âme à la croix et échapper sain et sauf au naufrage du monde.

Libre de toute sollicitude terrestre, l'athlète du Christ commence dès ce jour une vie vraiment nouvelle; il n'a plus de pensées pour le monde; Dieu seul est maître de son cœur; seul il l'entraîne et le conduit; le désir unique de François est de ne gêner en rien l'action de la grâce divine. Déjà il a quitté la maison de l'évêque; il se dirige vers des lieux déserts; il s'enfonce dans une vaste forêt, et là, à haute voix, il fait en langue française retentir les échos des louanges du Seigneur. Des voleurs, attirés par ces chants, s'élancent à sa poursuite; mais la vue d'un homme aussi pauvre fait évanouir leurs espérances; ils l'interrogent, et, pour toute réponse, il leur dit avec un pressentiment mystérieux de l'avenir : « Je suis le héraut du grand Roi. » Ces paroles semblent une insulte aux voleurs; ils se jettent sur lui, le frappent durement et s'éloignent après l'avoir jeté dans une fosse remplie de neige.

L'humiliation accroît son ardeur; il se livre avec plus d'amour encore à ses saints cantiques, et arrive enfin à un monastère où il reçoit l'aumône comme un mendiant. Ayant consacré quelques jours à servir les religieux, et ne trouvant pas en ce lieu tout ce que son âme cherchait, il se remit en route et s'avança jusqu'à Gubbio, où un ancien ami lui fit présent d'un habit pauvre semblable à celui dont les ermites avaient coutume de se servir.

En se revêtant de ces livrées de la pénitence, il sentit redoubler en son cœur le désir des œuvres parfaites. On le vit parcourir les hôpitaux, y servir les malades et surtout les lépreux, panser courageusement leurs plaies, compatir à leurs peines, tenter tous les moyens pour en alléger la violence, et se faire, en un mot, le serviteur de ces hommes rejetés du commerce du monde. Dieu voulut bien alors encourager son zèle par un miracle. Un lépreux rongé par le mal horrible dont il était la proie revenait d'un pèlerinage au tombeau des saints apôtres; ayant rencontré sur son chemin François, dont il vénérait la vertu, il se jeta à ses pieds; mais l'homme de Dieu, le serrant dans ses bras, l'embrassa affectueusement, et à l'heure même le malade fut guéri.

Après s'être exercé quelque temps à ces œuvres d'une humble charité et avoir laissé à la colère paternelle le temps de s'amortir, le pieux jeune homme se rappela l'ordre reçu à Saint-Damien, et jugea arrivé le moment de reparaître dans sa patrie. Il revint donc à Assise et se mit à parcourir les rues de la ville en mendiant des aumônes pour sa pauvre église. Il s'arrêtait sur les places publiques, y parlait de Dieu aux passants et faisait appel à leur charité en promettant les récompenses du ciel en retour. Les uns se moquaient de lui ; d'autres faisaient de sérieuses réflexions sur le changement survenu en ce pauvre, naguère encore possesseur d'une des plus belles fortunes de la cité ; d'autres versaient des larmes de dévotion et louaient le Seigneur, dont les pensées sont si différentes de celles du monde. Insensible aux insultes comme aux louanges des hommes, François poursuivait son œuvre sans relâche ; il transportait lui-même les matériaux, taillait la pierre, faisait dissoudre la chaux, et se livrait, dans un corps déjà affaibli par le jeûne, à un travail incessant.

Le chapelain de Saint-Damien, touché de compassion, s'appliquait à le nourrir de son mieux. François en fit la remarque, et se dit à lui-même : « Trouveras-tu dans tous les lieux où tu iras un prêtre qui aura autant d'attentions pour toi ? Ce n'est point là la vie du pauvre que tu préférais choisir. Va donc toi-même, comme il convient à un pauvre, de porte en porte, une écuelle à la main, recevoir les aliments que les fidèles voudront bien te donner. C'est ainsi qu'il faut vivre de plein gré pour l'amour de Celui qui est né pauvre, a vécu en ce monde dans une pauvreté extrême, est demeuré nu

et pauvre sur la croix et a été enseveli dans un sé-
pulcre qui n'était pas à lui. »

Le lendemain, il prit donc une écuelle et s'en
alla par la ville mendier la nourriture dont il avait
besoin. Quand il voulut user de ces aliments jetés
pêle-mêle dans son écuelle, il éprouva une répu-
gnance profonde et retira sa main avec un sentiment d'horreur. Mais, irrité contre ce qui lui semblait une délicatesse hors de raison chez un pauvre,
il fit sur lui un effort suprême, et la grâce céleste
lui fit trouver alors en ces mets, tout à l'heure si re-
poussants, une saveur exquise; jamais les festins
les plus splendides du siècle ne lui avaient offert
rien d'aussi délicieux. Le Dieu de Jacob renouvelait
pour son serviteur les prodiges du désert; le goût de
la manne variait ainsi autrefois selon les dispositions des enfants d'Israël.

Dans ses courses à travers Assise, il lui arrivait
parfois de rencontrer son père. Quand celui-ci l'a-
percevait à temps, il se détournait, honteux de voir
réduit au rôle de mendiant celui qu'il s'était plu à
considérer comme l'appui de sa maison; s'il lui devenait impossible de l'éviter, il l'accablait d'injures;
il le maudissait comme la cause de son déshonneur
et de ses chagrins. Son jeune frère, nommé Ange,
n'agissait guère mieux à son égard; il saisissait
toutes les occasions de le tourner en ridicule et d'insulter à son nouveau genre de vie. A ces malé-
dictions, à ces insultes, François opposait une patience invincible. Le travail des mains le fortifiait
contre la mollesse, et les injures dont il était l'objet

de la part de ses parents ou de ses anciens amis, lui
tenaient lieu de leçons où il apprenait à se vaincre
intérieurement, à mortifier le vieil homme, à former en lui l'homme parfait. Sans s'en apercevoir,
il préparait les voies à cette génération forte dont il
devait être le père. Chacun de ses actes était comme
un jalon planté pour l'édifice sublime qu'il allait
bientôt élever au milieu des hommes; Dieu lui en
faisait creuser les bases à son insu en le conduisant
par les sentiers de l'humilité, de la patience, de la
pauvreté et de l'abnégation.

Il n'était point sans consolation au milieu de ses
pénibles travaux; l'avenir de cette pauvre chapelle
de Saint-Damien lui avait été révélé, et quand il
sollicitait les passants de lui venir en aide, il avait
coutume de leur dire : « Cette église sera un jour un
monastère de dames dont le Père céleste rendra le
nom et la vie illustres dans tout l'univers. » Saint-
Damien fut le berceau de l'ordre des Clarisses, dont
nous dirons un mot plus loin, l'école où se sont for-
mées des âmes héroïques, dont les vertus ont édifié
le monde et consolé l'Église.

Ce sanctuaire réparé, François voulut entretenir
deux lampes allumées devant le crucifix miraculeux.
Il était sans ressource pour une telle dépense; il y
parvint en allant quêter de l'huile à Assise; rien ne
devenait impossible à son zèle.

Ces soins l'avaient occupé une partie de l'année
1206. En 1207, il répara une autre église plus éloignée de la ville et consacrée à saint Pierre. Ce travail fini, il entreprit de rétablir une troisième église

presque entièrement ruinée et jadis consacrée à la
mère du Sauveur sous le titre de *Sainte-Marie-des-
Anges*. Elle était située à environ trois quarts de
lieue d'Assise, en un lieu appelé la *Portioncule*,
appartenant aux bénédictins et ainsi nommé de
quelques petits terrains dont ces religieux étaient
propriétaires. La dévotion de François à la Reine
des anges l'avait porté à relever ce sanctuaire : cette
dévotion l'y fixa tout à fait. Là, dit saint Bonaventure, il jeta les fondements d'une vie parfaite, là
il s'avança merveilleusement dans la vertu ; là il
consomma sa course par une mort bienheureuse ;
et, en mourant, il recommanda à ses frères ce lieu
comme vraiment cher à la Vierge. Sainte-Marie-des-
Anges est aujourd'hui une des églises les plus célèbres de l'univers, le temple le plus saint de l'ordre
des Frères mineurs ; là cet ordre a pris naissance,
là il a grandi, de là il s'est étendu à toutes les contrées de la terre.

Cette dernière église enfin restaurée, François y
passa de longues heures en oraison ; il y répandit
son âme devant la mère vénérable du Verbe in-
carné ; il versa des larmes brûlantes à ses pieds et
la conjura avec gémissements de daigner se faire
son avocate, de lui inspirer l'esprit de son fils et
d'ouvrir son cœur à l'amour des enseignements
évangéliques. Il ne savait encore quel genre de vie
il embrasserait, de quelle manière il mettrait en
pratique ces conseils du Sauveur, dont chaque parole était pour son âme une étincelle dévorante. Il
éprouvait un désir immense de perfection sans avoir

rien de bien précis sur les moyens; seulement il attendait beaucoup de celle dont il venait de réparer l'humble demeure.

Pierre, le chapelain de Saint-Damien, cédant à ses instances, allait de temps à autre célébrer les saints mystères à Sainte-Marie-des-Anges. Or, un jour, l'Évangile de la messe se trouva être celui où Jésus, envoyant ses apôtres prêcher, leur donne ses conseils. François écoutait avec une attention profonde les paroles divines : « Partout où vous irez, disait le maître, annoncez que le royaume de Dieu est proche.

« Rendez la santé, ressuscitez les morts, guérissez les lépreux, chassez les démons. Donnez gratuitement ce que vous avez reçu gratuitement.

« Ne possédez ni or, ni argent, ni aucune monnaie dans vos bourses, ni un sac pour le voyage, ni deux tuniques, ni des souliers, ni un bâton. » (*Matth.*, x.)

L'âme de François tressaillit d'allégresse; à lui semblaient s'adresser ces dernières paroles pour être désormais la règle de sa vie. L'avenir n'avait plus pour lui de nuage; le Seigneur lui-même ouvrait devant ses yeux la voie où il devait marcher. Pour ne rien entreprendre au hasard, la messe finie, il pria le prêtre de lui expliquer le vrai sens du passage évangélique. A mesure que le ministre de Dieu avançait dans son interprétation, le saint éprouvait une joie indicible; enfin il s'écria : « C'est là ce que je désire; tel est l'objet de toute mon ambition. » Il était fixé pour jamais; la volonté divine se mani-

2*

festait à lui à cette heure comme elle avait fait à
Antoine, aux premiers siècles de l'Église. Le doute
n'était plus possible, il n'y avait plus à hésiter désormais. Il ôte donc ses souliers et laisse là son bâton ; il met de côté son sac, renonce à tout argent,
se contente d'un seul vêtement, et rejette sa ceinture
pour la remplacer par une corde.

Dès lors aussi il échangea son habit d'ermite
contre un habit plus pauvre et plus grossier. Nous
ne nous arrêterons pas à décrire la forme de ce vêtement nouveau, qui servit de modèle à celui dont ses
disciples firent usage. Cette forme ne fut pas toujours strictement la même chez saint François pendant le cours de sa vie ; elle varia un peu, non par
esprit d'inconstance chez un homme toujours si égal
à lui-même, mais plutôt par insouciance pour les
choses extérieures. Selon qu'il recevait de la charité
des fidèles un morceau d'étoffe plus ou moins considérable, il donnait à son vêtement des formes plus
ou moins restreintes, sans jamais sortir pourtant
des limites d'une rigoureuse pauvreté.

Ajoutons ici une réflexion qui ne manque pas
d'opportunité. L'appel de François d'Assise par le
Seigneur nous la suggère.

Ce sentiment intérieur, surnaturel et divin, qui
d'ordinaire se révèle en nous dès l'enfance ; ce goût
particulier, cette inclination plus prononcée pour
telle ou telle carrière ; ces aptitudes précoces, ces
désirs naturels, persistants malgré les obstacles et
les combats ; cette pensée qui domine nos pensées,
cette vue qui plonge instinctivement, dès le jeune

âge, dans l'avenir, ce sont là les traits de ce que nous autres, arriérés, nous appelons une *vocation*. L'éprouver dans leurs enfants est un droit et un devoir pour les parents; mais s'y opposer systématiquement en face de l'évidence, il n'est point de raisons ni de prétextes, si subtils ou si spécieux qu'on les suppose, qui puissent excuser ce genre d'*infanticide*.

CHAPITRE III

Une fois revêtu des livrées évangéliques, François
se prit à exhorter les hommes à la pénitence. Son
langage simple, charitable, onctueux, brûlant et
inspiré par l'amour le plus tendre pour le Sauveur
du monde, allait à l'âme de ses auditeurs. On se
sentait ému de l'héroïque détachement de ce jeune
homme, appliqué depuis deux années à réparer les
sanctuaires du Seigneur, comme un simple ma-
nœuvre, malgré les injures de ses proches, les mo-
queries de ses anciens compagnons de plaisir et les
fatigues inhérentes à un tel travail. Aujourd'hui sa
ferveur, loin de se démentir, est devenue plus vive,
sa pauvreté plus rigoureuse, son humilité plus pro-

fonde. L'esprit de Dieu est là sans doute; jamais religieux n'a mené une vie plus régulière ni plus penitente; jamais homme n'a annoncé le royaume de Dieu dans un langage plus convaincu. Oui! l'Esprit de Dieu est là; le monde ne tardera pas à l'expérimenter; mais nul, dès ce moment, n'eût su prévoir encore les merveilles réservées à la terre.

Un des principaux habitants d'Assise, Bernard de Quintavalle, touché de la vertu de François, voulut en faire l'épreuve. A force d'instances, il amena le saint à dîner et à coucher dans sa maison. Deux lits avaient été préparés dans une même chambre; Bernard feignait de dormir, et François, persuadé qu'il était enseveli dans le sommeil, se leva bientôt pour prier. A genoux et les yeux élevés au ciel, il oublia vite le lieu où il se trouvait, et s'écria à plusieurs reprises : « Mon Dieu et mon tout! vous êtes tout pour moi, pour moi vous êtes tout bien, vous êtes mon espérance, ma force, ma richesse, ma vie, ma joie, mon bonheur, vous êtes tout ce que je pourrais jamais désirer... » La nuit entière se passa dans ces tendres et amoureuses exclamations. Bernard en avait assez vu; le lendemain, il lui demanda conseil : « C'est auprès du Seigneur, lui répondit François, qu'il faut se conseiller. »

Ils se rendaient donc à l'église; sur le chemin se joignit à eux un chanoine nommé Pierre Cataneo, plus connu sous le nom de Pierre de Catane. Comme Bernard, il s'était senti attiré vers le genre de vie de François; il venait s'offrir à en partager les peines, et il allait consulter l'auteur de toute lu-

mière. Après avoir entendu la messe et longuement
prié, le saint demanda au prêtre d'ouvrir par trois
fois le livre des Évangiles au nom des trois personnes
sacrées de la Trinité. La première fois, il tomba sur
ces paroles : « Si vous voulez être parfait, allez,
vendez tout ce que vous avez, et donnez-le aux
pauvres. » La seconde, sur les suivantes : « Ne
portez rien dans votre voyage. » La troisième, sur
ce passage : « Si quelqu'un veut venir après moi,
qu'il se renonce lui-même, qu'il porte sa croix et
me suive. » — « Voilà, dit le serviteur de Dieu,
notre vie et notre règle, la vie et la règle de tous
ceux qui viendront se joindre à nous. Allez donc, et
si vous voulez arriver à la perfection, accomplissez
ce que vous avez entendu. »

Ces deux hommes n'hésitèrent pas un instant;
Bernard vendit tous ses biens, qui étaient considérables, et les distribua aux pauvres; Pierre en fit
autant et se démit de son titre de chanoine; puis
tous deux s'attachèrent inviolablement à François.

Cette affaire eut dans Assise un retentissement
extraordinaire; plusieurs en firent le sujet de leurs
plaisanteries; mais d'autres en jugèrent autrement
et en conçurent une véritable admiration. Œgidius,
un des amis de Pierre et de Bernard, absent lorsqu'ils se dépouillaient ainsi de tous leurs biens, ne
put apprendre sans une vive émotion cette éclatante
rupture avec le monde. Sept jours après il renon-
çait, lui aussi, à toutes ses possessions terrestres,
et s'en allait s'enrôler à leur suite sous les étendards
de la pauvreté (1209).

Ces trois hommes parurent dès les premiers jours consommés en perfection et comme étrangers à toute enfance de la vie spirituelle, tant leur sacrifice avait été généreux et sans arrière-pensée. François, déjà arrivé lui-même au sommet des vertus, leur ayant fait connaître ses intentions, envoya Bernard et Pierre vers la province d'Émilie, en leur recommandant de prêcher aux peuples, dans un langage simple et intelligible, la paix, le renoncement au péché et l'amour de Dieu. Pour lui, il s'en alla avec Œgidius dans la province d'Ancône, prêcher également la pénitence.

Tel est le début du grand ordre franciscain dans le monde. Quatre hommes sont réunis depuis quelques jours dans un sentiment commun d'abnégation, inconnus, sans ressources terrestres, sans appui humain; ils s'en vont, comme autrefois les apôtres, tenter une première mission à travers les villes et les campagnes. Ils n'ont ni un morceau de pain pour sustenter leur corps, ni un gîte pour reposer leur tête; leur dénuement est complet; ils n'ont emporté du monde qu'un profond mépris pour ses richesses et une immense commisération pour les maux dont il surabonde; mais leur pauvreté fait leur joie et leur force; leur confiance est sans bornes, la paix de leur âme inaltérable; Jésus-Christ seul est leur amour, et l'humiliation de sa croix l'unique objet de leurs complaisances.

Cette mission leur offrit en abrégé, ou plutôt nous offre à nous-mêmes, tout l'avenir de l'ordre. En plusieurs endroits, la foule se moqua d'eux; on les

traita de vagabonds, de fainéants; on en vint même
à les frapper; plus d'une fois une jeunesse licen-
cieuse et insolente les couvrit de boue, les poursuivit à coups de pierres, les traîna par leurs capuces à
travers les places publiques. Leur extrême indigence,
l'étrangeté de leur vêtement, leur insouciance des
choses nécessaires aux premiers besoins du corps,
tout contribuait à dérouter les idées des hommes sur
leur compte, à inspirer des soupçons et à leur causer
des avanies. Ailleurs, au contraire, ce détachement
absolu leur attira des marques nombreuses de vénération. Mêlés au peuple, ils lui faisaient entendre
les paroles de la vie éternelle; ils l'exhortaient à
faire pénitence, à réformer ses mœurs, à craindre le
jugement et les peines de l'enfer, à aimer le Dieu
mort pour le salut de tous, à pardonner les injures
à cause de lui. Ces pieuses exhortations allaient au
cœur des plus indifférents; la vue de ces hommes
grossièrement vêtus, ceints d'une corde, chaussés
de misérables sandales, inspirait le respect; on les
saluait comme les amis du Seigneur; on les écoutait
comme des prophètes; on tenait à honneur de leur
offrir l'hospitalité; on embrassait la pénitence à leur
voix. Pour eux, ils bénissaient Dieu dans l'humiliation et s'attristaient des hommages rendus à leur
sainteté. Œgidius disait sans détour à François:
« Tous ces respects des hommes nous ravissent notre
gloire. »

Après ce premier essai de leurs forces, ils s'en revinrent à leur demeure. C'était une méchante cabane, abandonnée, inconnue à la plupart des habi-

tants du pays d'Assise, et située près d'un ruisseau appelé le *Rivo-Torto*. Bientôt ils virent arriver un nouveau compagnon appelé Sabadino, dont nous ignorons la patrie, mais dont les mérites ont laissé dans l'ordre un souvenir précieux.

Un miracle donna à l'homme de Dieu un cinquième frère. Morico Picciolo était malade à l'hospice de Saint-Sauveur, à Assise; épuisé par de longues souffrances, il n'attendait plus que la mort, quand, instruit par la renommée des rares mérites de François, il envoya demander le secours de ses prières. Le saint, touché de son humble confiance, pria volontiers; puis, prenant quelques miettes de pain, il les humecta d'un peu d'huile tirée d'une lampe sans cesse allumée devant l'autel de la Vierge à la Portioncule, et en fit une pâte pour le malade. L'effet d'un tel remède fut immédiat; Morico, guéri miraculeusement, voulut offrir à celui dont il venait d'éprouver la puissance le reste d'une vie ainsi arrachée au tombeau. Il était digne d'une vocation si sublime; jamais on ne le vit dans la suite ralentir sa marche dans les voies pénibles du renoncement; il suivit jusqu'à la mort Jésus crucifié.

Moins heureux fut Jean de Capella, le sixième compagnon de François, chargé, comme l'apôtre prévaricateur, du soin des aumônes; il montra pour les choses terrestres une sollicitude intempestive, laissa la dissipation se glisser dans son cœur, et se lia trop intimement avec le monde. Souvent le saint lui adressa de sages conseils ou de sévères menaces, tout fut inutile; mais la main de Dieu se fit sentir à

son tour; une lèpre affreuse s'étendit sur le corps
du religieux infidèle, et le désespoir s'empara de son
âme. Se séparant de ses frères, dont la patience au
milieu des épreuves eût dû calmer ses murmures,
il rentra dans le siècle, et, comme Judas, mit lui-
même fin à ses jours par une mort lamentable.

Cependant le pieux fondateur voulut exercer ses
enfants à la pauvreté comme il les avait exercés à la
prédication de l'Évangile. Il les conduisit donc lui-
même à Assise, la patrie de plusieurs d'entre eux,
et les envoya mendier de porte en porte afin de leur
faire bien comprendre que tout leur patrimoine en
ce monde reposerait désormais sur la charité des
gens de bien. Ce fut pour la ville un spectacle
étrange que la vue de ces hommes, naguère dans
l'aisance et aujourd'hui au rang des pauvres, tendant la main pour recevoir l'aumône. Les injures,
les paroles grossières, les reproches, les refus accom-
pagnés d'insultes, rien ne manqua à cette première
tentative. D'une part, les proches de ces hommes
se croyaient déshonorés par une telle démarche; de
l'autre, les gens oisifs, la jeunesse d'Assise, les sages
selon le monde ne pouvaient manquer de dire leur
mot sur ces pauvres d'un nouveau genre, et ce mot,
pour l'ordinaire, était une plaisanterie sanglante.
Dieu cependant ne laissa pas cette épreuve sans
quelque compensation; des âmes pieuses, appréciant
la chose à son vrai point de vue et touchées de tant
d'humilité, donnèrent aux amis du Seigneur une
aumône généreuse.

Ainsi les premiers disciples de François inauguraient comme lui, dans Assise, leur adieu définitif au monde. L'enfer ne pouvait sans frémir contempler un tel début. De quoi ne seraient pas capables dans la suite, sous la main d'un maître héroïque, des disciples si rigoureusement initiés aux pratiques de l'abnégation? François comprit toute la portée d'une pareille épreuve; il en tressaillit d'allégresse et en rendit compte à Guy, évêque d'Assise, dont il aimait à prendre les conseils en tout. L'excellent prélat ressentit quelque inquiétude. « Frère François, lui dit-il, vivre ainsi sans aucune possession terrestre me semble en vérité trop dur et trop difficile. — Mais non, Monseigneur, reprit le saint; il me semble, à moi, vraiment plus pénible et plus difficile de posséder quelque chose. Pour défendre et conserver ses possessions, il faut passer par des soins et des inquiétudes sans nombre; tantôt ce sont des procès et des querelles, tantôt il faut en venir même aux armes, et ainsi s'éteint l'amour de Dieu, ainsi s'en va l'amour du prochain; combien donc une vie pauvre est-elle préférable aux biens terrestres! » Le pieux évêque admira le détachement de ce pauvre véritable; il lui promit pour toujours son assistance.

Ces premiers essais ne suffisaient pas au chef de la nouvelle famille; arrivé en quelques années à la maturité de la vieillesse, doué de la prudence des saints, il comprenait trop combien difficilement la vertu s'implante dans l'âme pour se borner à quelques actes d'humiliation. Sa pensée d'ailleurs allait s'agrandissant comme sa charité, et sans avoir peut-être encore une idée bien fixe sur l'avenir de ses frères, il voulut les disposer à devenir des instruments dociles entre les mains de son Dieu. Il les conduisit donc d'Assise dans la vallée de Rieti, afin de les soumettre à de nouvelles épreuves. Là ils allaient par les villages mendier de porte en porte le pain de chaque jour et parler aux hommes de la grande affaire du salut, puis ils se retiraient pour prier dans un ermitage désert non loin de Poggio-Bastone.

Dans cette solitude, François se livra avec plus d'ardeur encore à la contemplation des mystères divins, et le Seigneur, pour soutenir son courage, daigna soulever à ses yeux les voiles de l'avenir. Il vit les routes couvertes d'une multitude innombrable accourant à lui. L'Espagne, la France, l'Angleterre, l'Écosse, l'Irlande, l'Allemagne lui envoyaient leurs enfants; ils s'enrôlaient sous ses étendards, et ils étaient assez nombreux pour tenter des conquêtes dans tout l'univers. Mais à ces riantes perspectives se joignaient des vues plus sombres; ces hommes ne persévéraient pas tous dans leur ferveur première; succombant à la fatigue avant la fin du jour, plusieurs inclinaient leur regard vers la terre et lui demandaient des consolations qu'elle fut toujours impuissante à donner.

François ne cachait pas à ses disciples ces révélations si propres à inspirer de grands sacrifices. Bientôt un nouveau frère, nommé Philippe, vint se ranger sous sa conduite. C'était un homme sans lettres, d'une candeur admirable, d'une conscience timorée; il arriva à une perfection extraordinaire et fut comblé de faveurs étonnantes. Ainsi dans une extase il vit, comme autrefois Isaïe, un ange lui toucher les lèvres avec un charbon enflammé; puis son intelligence, divinement illuminée, put pénétrer les profondeurs les plus mystérieuses des saintes Écritures.

De Rieti, François ramena ses disciples à leur première demeure, et là, après les avoir exercés encore quelque temps au mépris du monde, il leur ouvrit son cœur sans réserve. Déjà ce n'était plus assez pour lui de la campagne d'Assise, de la vallée de Rieti. Il rêvait de conquérir le monde par la pénitence et de le conduire enchaîné par l'amour aux pieds de son Sauveur. Ni ce petit nombre de sept religieux encore novices, ni leur pauvreté, ni leur inexpérience ne pouvaient le détourner de cette grande entreprise. Il avait lu dans ses ravissements et ses extases la volontés du Père céleste, et il n'hésitait pas à mettre la main à l'œuvre. Il va donc essayer encore une fois leurs forces et les livrer pour quelques semaines à eux-mêmes en les dirigeant deux à deux vers des contrées plus lointaines, sans toutefois les faire sortir de l'Italie. Mais avant de se séparer d'eux il leur donna ses instructions dans un discours empreint d'une prudence profonde et d'une tendresse ineffable.

« Considérons, dit-il, notre vocation, ô mes bien-aimés frères. Dieu nous a appelés, dans sa miséricorde, à aller par le monde non seulement pour notre salut, mais pour le salut de plusieurs, afin d'y exhorter les hommes, plus par notre exemple que par notre parole, à faire pénitence et à se souvenir des commandements de Dieu. Gardez-vous de craindre parce que nous semblons petits et insensés; mais annoncez la pénitence en toute humilité et sécurité; ayez confiance dans le Seigneur, qui a vaincu le monde. Son esprit parlera par vous et en vous pour exhorter les hommes à se convertir à lui et observer ses commandements. Prenons garde, nous qui avons tout quitté, de perdre de royaume des cieux pour une bagatelle, et si nous trouvons de l'argent en quelque lieu, considérons-le comme la poussière que nous foulons aux pieds.

« Ne jugeons ni ne méprisons ceux qui vivent délicatement et usent de recherches dans leurs vêtements. Dieu est notre Seigneur et le leur; il a la puissance de les appeler à lui et de les justifier. Respectons de tels hommes comme nos frères et nos seigneurs; ils sont nos frères, puisqu'ils ont été formés par un même Créateur; ils sont nos seigneurs, puisqu'ils nous aident à faire pénitence en nous donnant les choses nécessaires à la vie du corps.

« Allez donc, annoncez la paix aux hommes; prêchez-leur la pénitence pour la rémission des péchés. Parmi eux, vous en trouverez de fidèles, pleins de mansuétude et de bénignité; ils recevront avec joie vos personnes et vos paroles; mais aussi vous en rencontrerez d'autres qui seront infidèles, superbes, blasphémateurs; ils vous accableront de reproches et résisteront à vos enseignements. Arrêtez

en vos cœurs de tout supporter avec patience et
humilité. Ne craignez pas; dans peu de temps viendront à vous un grand nombre de sages et de gens
de haute naissance; ils prêcheront avec vous aux
rois, aux princes et aux peuples.

« Soyez donc patients dans la tribulation, assidus
à la prière, courageux dans le travail, modestes en
vos discours, graves en vos mœurs, reconnaissants
pour les bienfaits. Si vous êtes fidèles à toutes ces
choses, le royaume éternel de Dieu vous est préparé. »

Ces paroles tombèrent comme une douce pluie sur
le cœur des bons religieux. Prosternés aux pieds
du saint, ils reçurent avec joie ses ordres, et lui,
ému jusqu'aux larmes de leur humble soumission,
leur disait avec le prophète : « Abandonnez au Seigneur le soin de tout ce qui vous concerne, et lui-
même se chargera de vous nourrir. » Ce fut dans la
suite son mot d'adieu à ses frères lorsqu'il les envoya en mission.

Les nouveaux apôtres partirent deux à deux pour
les contrées désignées à leur zèle, et François, rete-
nant l'un d'eux avec lui, s'en alla de même à la conquête des âmes. Tout dans leur personne respirait
la pauvreté; tout décelait la ferveur de leur âme.
S'ils rencontraient une église sur leur chemin, ils y
entraient pour y prier, et, la face prosternée contre
terre, ils s'écriaient : « Seigneur Jésus, nous vous ado-
rons dans cette église et dans toutes les églises con-
sacrées à votre gloire dans le monde entier. » S'ils
rencontraient une croix dans la campagne, ils se

prosternaient également et rendaient grâces au Sauveur de la rédemption des hommes.

Comme la première fois, leur prédication fut mélangée de joie et d'amertume. Les injures ne leur firent pas défaut; on leur refusa même l'hospitalité. A Florence, Bernard de Quintavalle et son compagnon ne purent obtenir un gîte pour une nuit seulement, et ils durent coucher en plein air au mois de novembre. Souvent le porche des églises fut leur seul asile; mais leur patience, leur humilité, leur douceur et l'aménité de leurs manières finirent par leur concilier tous les gens de bien. Quand on leur demandait quelle était leur profession, ils répondaient : « Nous sommes des pénitents de la ville d'Assise. »

Ils n'osaient se considérer comme des religieux, et François n'avait pas encore écrit de règle pour fixer définitivement leur nouveau genre de vie.

Le serviteur de Dieu revint le premier à Assise, où l'attendaient de douces consolations; quatre autres disciples s'offrirent à lui en quelques jours. C'étaient Jean de Saint-Constance, homme vraiment digne d'une telle famille par sa simplicité, sa sainteté sublime et son humilité profonde; Barbaro d'Assise, émule généreux de la pauvreté de François; Bernard de Véridunt, ouvrier infatigable dans les travaux de la pénitence, et enfin Sylvestre d'Assise, dont nous devons rapporter en détail la conversion.

Lorsque François, résolu de réparer l'église Saint-Damien, s'en alla à Assise solliciter des aumônes pour conduire à bonne fin son entreprise, les uns lui donnaient de l'argent, d'autres des matériaux, et l'homme de Dieu acceptait avec reconnaissance, laissant à la bonté divine le soin de récompenser au centuple ses bienfaiteurs. Or parmi eux se trouva un prêtre dont le désintéressement ne fut point parfait comme celui des autres habitants d'Assise. Il fournit à François les pierres dont il avait besoin, mais à regret, et en considérant comme une perte ce que l'importunité de cet homme semblait exiger de lui.

L'église était réparée depuis longtemps, et François, divinement illuminé, songeait à faire disparaître de la maison de Dieu des ruines d'une bien autre importance. Bernard de Quintavalle venait de vendre ses biens, et, sur la place d'Assise, il en distribuait le prix aux pauvres en la société de celui qu'il avait choisi pour son père. Le prêtre, attiré, comme bien d'autres, par la nouveauté d'un tel spectacle, en fut choqué, et, s'adressant à François, il lui dit : « Au lieu de dépenser ainsi sans discernement et sans mesure l'avoir de vos disciples, il vaudrait mieux satisfaire aux exigences de la justice et payer ce que vous devez. Je vous ai fourni de pierres dont vous eûtes besoin pour l'église Saint-Damien, et je n'ai rien reçu de vous. »

Étonné d'une pareille réclamation, François ne répondit pas, mais plongeant la main dans le sac de Bernard, il en tira une poignée de pièces et les donna au prêtre en lui demandant s'il se trouvait assez payé. Il se déclara content et s'en courut à sa

maison compter son trésor. Bientôt cet argent fut
pour lui comme du feu ; en proie aux remords, il se
reprochait le jour et la nuit cet acte odieux d'avarice ; la libéralité de François et de Bernard, simples
laïques, et nullement obligés, comme lui, au détachement des choses du monde, lui revenait sans
cesse à l'esprit ; il maudit son argent et commença
à examiner comment il pourrait réparer sa faute.

Ce prêtre s'appelait Silvestre. Son estime pour le
genre de vie des nouveaux religieux s'accrut de
jour en jour ; mais Dieu voulut l'éclairer d'une façon plus parfaite. Durant trois nuits, une vision,
horrible et consolante à la fois, vint troubler son
sommeil et lui faire comprendre quel homme il
avait eu le malheur d'insulter. La ville d'Assise lui
apparaissait environnée d'un énorme et immense
dragon ; la bête immonde ouvrait sa gueule et me-
naçait d'engloutir la cité tout entière. En même
temps apparaissait François, et de sa bouche sortait
une croix merveilleuse dont la hauteur atteignait le
ciel, et les deux bras touchaient aux extrémités de
la terre. Le dragon ne pouvait en soutenir l'éclat ; il
prenait la fuite comme importuné de sa splendeur.

Silvestre garda pour le moment le silence ; puis,
quand il vit le nouvel ordre s'accroître et persévé-
rer inviolablement dans la pauvreté, l'humilité, la
mansuétude, il jugea arrivée l'heure de répondre
aux inspirations de la grâce. A son tour il vendit
ses biens, en distribua le prix aux pauvres et s'en
vint, humble et dépouillé, se faire le disciple de celui dont la vie lui avait semblé si repoussante.

Cet accroissement du petit troupeau fit désirer au
chef le retour des six autres frères; il avait à les entretenir d'une règle propre à resserrer entre eux les
liens de la sainte unité. Il ne fut pas longtemps à
attendre. Sans avoir pu se concerter, mais conduits
par l'inspiration divine, tous, jugeant leur mission
remplie, se rendaient comme d'un commun accord
à Sainte-Marie-des-Anges, où leur présence combla
de joie leur maître bien-aimé. Le reste de cette
année 1209 se passa dans de pieux exercices. François instruisait ses disciples; il les formait à la
prière et à la contemplation des choses célestes; il
s'attachait à faire d'eux autant d'hommes intérieurs,
dépouillés de leur volonté propre, soumis en tout à
la volonté divine, ennemis de leurs corps et prêts
à tous les sacrifices.

Au commencement de l'année 1210, il leur tint
ce discours : « Notre bon et miséricordieux Seigneur
veut, mes frères bien-aimés, accroître notre institut. Il faut donc nous prescrire une règle afin d'établir parmi nous l'uniformité, et avertir de notre
genre de vie le très saint pontife de Rome; car, sans
son assentiment et son approbation, rien ne me
semble ni stable ni bon en matière de foi et de vie
religieuse. Allons donc à notre mère, la sainte
Église romaine; faisons connaître au pape ce que le
Seigneur a commencé à faire pour nous; nous pour-
suivrons ensuite notre œuvre selon sa volonté et son
commandement. »

Aucune loi ecclésiastique n'avait jusqu'à ce jour
obligé les fondateurs d'ordres religieux à soumettre

leurs projets au souverain pontife. L'Église avait
l'œil ouvert sur chacun de ces ordres; elle encoura-
geait ou modérait la ferveur; elle reprenait et rele-
vait le relâchement; elle condamnait les excès et les
erreurs, toujours appliquée à tenir la balance dans
une juste proportion entre les forces de l'homme et
les droits inaliénables de la vérité, dont elle seule
est divinement instituée gardienne. Mais François,
se défiant de ses meilleures pensées, de ses lumières
et de ses désirs, redoutant pour les siens et pour lui-
même les écarts dont les Vaudois donnaient un
lamentable exemple, François, dis-je, voulut s'ap-
puyer sur la parole infaillible du siège apostolique.
Le présent et l'avenir lui semblaient à l'abri de
tout péril si l'Église daignait accorder à son œuvre
sa maternelle bénédiction. Ses frères, vrais enfants
de l'humilité, vrais disciples de l'Évangile, ne
virent, comme lui, d'assurance que dans une soumission parfaite et sans réserve au chef du monde
chrétien.

Tous se mirent en prière pour invoquer les lumières de l'Esprit-Saint, et François, divinement
illuminé des rayons brûlants de son amour, écrivit
la règle du nouvel ordre.

Cette règle, basée sur la pauvreté la plus rigoureuse, la prière, l'humilité, la pénitence, respire
d'un bout à l'autre la perfection évangélique dans
sa sublimité. « Les frères devront pratiquer l'abnégation et le renoncement en toutes choses; ils devront rester pauvres, ne posséder ni biens ni argent, vivre de l'aumône humblement mendiée ou

du travail de leurs mains; ils devront se livrer à la prière, à la contemplation, à des jeûnes longs et rigoureux, et, au milieu de ces tribulations volontaires, leur charité sera inaltérable, leur patience invincible, leur vigilance sur eux-mêmes continuelle. S'ils remplissent quelque charge dans l'assemblée des frères, ces charges seront pour eux un motif de plus d'être doux, pauvres et humbles; ils seront les serviteurs des autres : l'ordre ne connaît point de maîtres.

« Et pourtant, au milieu de cet abaissement extrême, leurs pensées devront être plus grandes que le monde. Disciples du Dieu de Bethléhem et du Calvaire, ils seront des apôtres auprès des nations infidèles, ses prédicateurs auprès des peuples catholiques; ils annonceront sa loi à tous ses enfants sans distinction de rang, de fortune, de dignité; ils feront valoir ses droits imprescriptibles aux adorations du monde, et cela sans rien perdre de leur humilité ni de leur amour pour les souffrances, sans désirer autre chose dans le succès que l'opprobre de la croix. »

Quand on lit cette règle écrite par un homme de vingt-huit ans, dont la jeunesse s'est écoulée au milieu des affaires et des amusements du siècle, sans études, et comptant à peine quelques années de pénitence, on reconnaît bien vite l'esprit de celui qui appelle à sa suite un pauvre pêcheur de la Galilée pour en faire le chef de son Église, en ne lui demandant pour un tel ministère que sa foi et son amour. Comme à la première heure, il choisit la faiblesse pour confondre la force, l'ignorance pour vaincre la sagesse mondaine, et le néant pour renverser les œuvres les plus gigantesques de l'homme.

Cette règle, François la soumit à ses frères, puis tous se mirent en route pour Rome sous la conduite de Bernard de Quintavalle, établi chef de ce saint voyage. Pendant la route, leur entretien roula uniquement sur les choses divines; ils se retiraient de temps à autre dans les bois ou dans quelque lieu écarté, ou dans les églises pour vaquer à l'oraison. Le soir venu, ils ne s'inquiétaient pas de chercher un refuge pour la nuit; ils laissaient pareil soin à leur Père céleste, et jamais sa tendresse ne leur fit défaut; des hommes de bien, touchés de leur modestie, allaient à leur rencontre, ils leur offraient leur maison pour asile, et s'estimaient heureux d'abriter des voyageurs si pauvres et si fervents.

A Rieti, où ils passèrent une journée, François rencontra un chevalier d'une famille noble, appelé Ange Tancrède. Il ne l'avait jamais vu; mais, divinement inspiré, il lui dit : « Seigneur Ange, assez longtemps vous avez porté le baudrier, l'épée et les éperons; il vous faut échanger le baudrier contre une corde, l'épée contre la croix, vos brillants éperons contre la boue et la poussière des places publiques. Suivez-moi, et je ferai de vous un soldat de Jésus-Christ. » Ange ne résista pas à l'appel du pauvre; le lendemain, il revêtit la livrée de l'indigence, et ainsi le nombre des disciples de François s'éleva jusqu'à douze.

Le monde catholique avait alors pour souverain pontife Innocent III, le plus illustre des successeurs de saint Grégoire VII, dont il continuait l'œuvre avec un invincible courage. Les tribulations de l'Église en Orient, les désordres des princes de l'Europe ne l'avaient point ébranlé; sa grande âme avait fait face à tous les besoins, et jamais on ne l'avait vu fléchir en présence du devoir. Après des luttes multipliées contre les puissants de la terre, Dieu lui ménageait, aux dernières années de son pontificat, un auxiliaire supérieur aux armées et aux flottes des croisés, un auxiliaire dont l'action se ferait sentir à l'Église plus longuement et dans des proportions plus vastes que tout ce que le zèle héroïque du pontife eût pu concevoir : il lui envoyait François d'Assise.

Arrivé à Rome, le saint y trouva Gui, évêque d'Assise, son protecteur et son conseiller jusqu'à ce jour. Le pieux prélat reçut avec une vive allégresse ces douze pauvres et leur maître; leur état misérable ne l'émut aucunement, leur pauvreté ne lui inspira aucun sentiment de honte; une seule pensée vint traverser sa joie : il craignait que François ne voulût établir ailleurs sa nouvelle famille et ne privât ainsi le diocèse d'Assise d'avantages immenses. Rassuré par le serviteur de Dieu, il s'attacha à le servir auprès d'Innocent III, et le mit en rapport avec le cardinal Jean de Saint-Paul, évêque de Sabine, personnage d'une haute vertu.

Quelques jours après, François trouva le moyen

de se présenter au pape. Le moment n'était pas favorable; absorbé tout entier dans les affaires les plus importantes de l'Église, le pontife renvoya comme un importun ce pauvre au costume singulier, sans même lui permettre la moindre explication. Le serviteur de Dieu sortit humblement; mais la nuit suivante une vision céleste vint troubler le sommeil d'Innocent. Il lui semblait voir un palmier sortir de terre, croître peu à peu, s'élever, se couvrir de rameaux nombreux et devenir enfin un arbre admirable. Étonné et se demandant ce que pouvait signifier une telle vision, la lumière divine lui fit comprendre que ce palmier était le pauvre si mal accueilli la veille. Le jour venu, il envoya ses serviteurs à la recherche de ce pauvre. L'ayant découvert à l'hôpital Saint-Antoine, proche de Latran, ils l'introduisirent au palais, où le pape le reçut avec bonté. Il ne put l'entendre sans admirer sa ferveur, son zèle et son courage; mais, avant de se prononcer, il jugea convenable de soumettre la chose à un mûr examen.

Le grand pontife réunit donc, à quelques jours de là, ses cardinaux en conseil, et invita François à s'expliquer en leur présence. Plusieurs jugèrent impossible un tel genre de vie. La difficulté principale était le renoncement perpétuel à toute possession, soit en commun, soit en particulier. Le cardinal de Saint-Paul ne put souffrir ces appréhensions : « Ce pauvre, dit-il, nous demande d'approuver un genre de vie conforme aux conseils évangéliques. Si nous rejetons ses projets comme trop difficiles ou comme une nouveauté, nous nous exposons à agir contre l'Évangile du Seigneur. Soutenir que la pratique des conseils et le vœu de s'y soumettre sont quelque chose de nouveau et de contraire à la raison, c'est blasphémer ouvertement contre Jésus-Christ, auteur de l'Évangile. »

Le successeur de Pierre se tournant alors vers François, lui dit avec confiance : « O mon fils, priez Jésus-Christ de nous manifester sa volonté par vous-même, afin que, l'ayant connue, nous puissions plus sûrement répondre à vos pieux desseins. » L'homme de Dieu, aussi maître de son âme au milieu de ces éminents personnages que s'il eût été dans la solitude, conjura avec ardeur son Père céleste d'éclairer ses juges; puis, sa prière terminée, il apporta en réponse à l'auguste assemblée cette délicieuse parabole :

« Une vierge pauvre, mais d'une beauté extrême, vivait dans un lieu désert et solitaire. Le roi de cette contrée la vit, et, admirant sa beauté, il la prit pour épouse. Il demeura plusieurs années avec elle dans ce désert, et il en eut plusieurs enfants, qui réunissaient aux charmes de leur mère une ressemblance parfaite avec le roi. Le monarque étant donc retourné à son palais et remonté sur son trône, la tendre mère nourrit ses enfants; puis, après les avoir élevés, elle les renvoya au roi en leur disant : « Vous avez pour père un grand roi, il demeure dans son palais; pour moi, il n'a été ni en ma volonté ni en mon pouvoir d'abandonner cette solitude; allez, vous autres, trouver votre

3*

père, et faites-lui connaître de quel sang vous êtes
sortis. »

« Ils le firent, et le roi reconnut aussitôt dans
les enfants sa propre ressemblance avec la beauté
et les grâces de leur mère. Il leur dit donc avec
amour : « Je vous reconnais véritablement comme
nés de moi, et je vous traiterai comme des enfants
de ma famille. Si j'ai pris soin de nourrir de ma
table et de mes trésors des étrangers et des serviteurs, combien plus serai-je [empressé pour mes
enfants, pour les enfants d'une mère que j'affec-
tionne avec tant d'ardeur! Je ferai donc asseoir à
ma table tous les enfants que j'ai eus d'elle; je
me chargerai moi-même de les nourrir dans mon
palais. »

« Ce roi, très saint Père, c'est Jésus-Christ, le
Seigneur du ciel et de la terre; cette vierge si belle,
c'est la pauvreté. Le Roi des rois est descendu du
ciel épris de ses charmes; à son entrée dans le
monde, il se l'est unie dans la crèche. Il a engendré
d'elle plusieurs enfants dans ce désert du monde :
les apôtres, les anachorètes, les moines et d'autres
en grand nombre qui ont fait profession de la pauvreté volontaire. Comme ils portaient les livrées de
cette pauvreté royale du Christ, de son humilité et
de son obéissance, leur mère les a envoyés au Roi,
qui les a reçus et a promis de pourvoir à leur nourriture en disant : « Je fais lever mon soleil sur les
justes et sur les injustes; je donne les vivres et le
vêtement aux Maures infidèles et aux païens étrangers à ma foi; je les sustente et les nourris de ma

table et de mes trésors ; combien plus vous donnerai-je de grand cœur et vous accorderai-je les choses dont vous avez besoin, vous et tous ceux qui naîtront de mon épouse bien-aimée, la pauvreté ! »

« A ce Roi céleste, bienheureux Père, cette reine et épouse, la pauvreté, envoie ses nouveaux enfants comme n'étant point indignes de leurs aînés et de leurs devanciers, comme n'ayant point dégénéré de la beauté de leur père et de leur mère ; ils font profession, comme eux, d'une pauvreté parfaite. On ne doit donc pas craindre de voir mourir de faim les enfants et les héritiers du Roi du ciel, qui, comme Jésus-Christ, ont pris naissance d'une pauvre mère ; ils seront nourris aussi eux-mêmes avec abondance dans une religion pauvre par l'esprit de pauvreté. Si le roi des cieux a promis son royaume à ses imitateurs, combien plus leur donnera-t-il les choses qu'il accorde indifféremment aux bons et aux méchants ! »

Ce discours, si digne d'un vrai serviteur de l'Évangile, transporta l'assemblée d'admiration. Le pape surtout en fut ému jusqu'au fond de l'âme. Il avait écouté avec une attention toute particulière, et en même temps il s'était rappelé une vision dont il avait été favorisé autrefois, mais sans en comprendre le sens mystérieux. Il voyait l'église de Latran pencher sur elle-même ; sa ruine semblait imminente, quand un homme pauvre, sans apparence et méprisable, vint se placer contre la muraille chancelante, et par son appui seul l'empêcher de

crouler. A mesure que François parlait, le souvenir
de la vision s'offrait plus vivement à l'esprit du
grand pontife. Oui, se disait-il, c'est là vraiment le
pauvre destiné à soutenir l'Église de Jésus-Christ
par ses œuvres et sa doctrine [1]. Nulle objection
n'était possible; il n'y avait plus à hésiter. Dieu
envoyait à son Église un secours inattendu et extraordinaire; il lui donnait des soldats nouveaux,
des apôtres nouveaux. Innocent approuva donc leur
règle, les combla de faveurs spirituelles, leur en
promit de plus grandes pour l'avenir, les chargea
de prêcher la pénitence, de propager la foi en tous
lieux. Il reçut lui-même leur profession religieuse,
conféra les ordres mineurs à ceux qui n'étaient
point engagés dans la vie cléricale, et, après avoir
élevé François jusqu'au diaconat, il l'institua chef
de la nouvelle famille. Il lui donna ensuite, avec
une bonté paternelle, les avis les plus propres à le
diriger dans son emploi, l'assura de sa protection;
puis, serrant contre son cœur chacun de ces pauvres
dont il venait de doter l'Église, il les renvoya pleins
d'allégresse. L'ordre des Frères mineurs était cano-
niquement établi (1210).

---

[1] C'est sans doute en confirmation de ces paroles d'Innocent III que le patriarche séraphique est spécialement in-
voqué dans la solennité du couronnement des papes. Dans
cette imposante cérémonie, on récite trois oraisons : l'une
au Saint-Esprit, l'autre à la sainte Vierge, et la troisième
à saint François d'Assise.

CHAPITRE IV

Rome ne parut pas au serviteur de Dieu un
lieu propre à fixer sa demeure. A l'ombre de cette
Église auguste, centre de toute vie et de toute
lumière, il eût pu sans doute voir grandir en toute
sûreté ses enfants; mais la bienfaisante sollicitude
du pape, l'estime et la considération des cardinaux, les respects d'un peuple religieux, les agitations d'une grande cité, n'allaient point à son
âme méditative, humble et détachée. Il lui fallait
la solitude avec son silence, le désert avec sa pauvreté, la campagne avec ses populations simples et
paisibles. Là se fortifierait mieux le petit troupeau;
là il se préparerait plus promptement à la vie apostolique.

Il sortit donc de Rome et se dirigea avec ses frères vers la vallée de Spolète. Sa douce et fervente parole les rendait insensibles aux fatigues de la marche; elle les soutenait délicieusement et leur faisait oublier jusqu'aux premiers besoins du corps. Cependant la nature réclama ses droits, et ils durent, exténués de fatigue, prendre un peu de repos. La route était solitaire, la contrée sans habitation. Où donc les pauvres du Seigneur iront-ils mendier un morceau de pain pour réparer leurs forces? Qui viendra à leur secours en ce lieu? Leur attente ne fut pas longue : un homme se présenta portant un pain entre ses mains; il le leur offrit avec bonté, puis disparut à leurs regards. D'où venait cet homme? Où allait-il? Qu'importe? Le bon Pasteur n'a-t-il pas dit : « Considérez les oiseaux du ciel; ils ne sèment ni ne moissonnent..., votre Père céleste les nourrit. N'êtes-vous pas plus que ces oiseaux? » La pieuse troupe s'arrêta quelques jours près d'Orti, ville épiscopale des États du pape, puis elle revint à sa première demeure du Rivo-Torto.

Rien de comparable à la misère de ce lieu. Pour demeure un méchant réduit à peine assez spacieux pour contenir la nouvelle famille; de vieilles poutres pour sièges, pas même une poignée de paille pour le repos de la nuit; et cependant tous ces hommes étaient heureux, ils surabondaient d'allégresse, ils passaient de longues heures dans la prière et la contemplation des choses célestes. François surtout était devenu comme étranger à la terre; ses oraisons se changeaient en extases; comme Moïse, il s'entretenait face à face avec Dieu et apparaissait illuminé des rayons de la splendeur divine; il lisait les secrets des consciences; l'avenir s'offrait à ses yeux sans nuages.

Un samedi soir, François avait quitté la cabane pour aller à Assise, où il devait prêcher le dimanche matin. Tandis que le serviteur de Dieu passait la nuit en contemplation dans un endroit retiré du jardin du chapitre, une subite apparition se montre à ses disciples de Rivo-Torto. C'est un char de feu au milieu duquel brille un globe resplendissant comme le soleil, illuminant les plus profonds replis de la conscience des frères, qui peuvent lire ainsi mutuellement dans leurs âmes. Le char mystérieux fait trois fois le tour de la cabane malgré son exiguïté, et tous les religieux comprennent que François, représenté par cette vision, doit être le conducteur d'une infinité de disciples qu'il embrasera au soleil de sa charité. François, à son retour, parut tout savoir, et leur parla comme s'il avait été témoin de l'éclatante manifestation.

Cependant ces faveurs divines ne lui faisaient pas perdre de vue la prédication de la sainte parole; il se dirigeait souvent vers Assise, où ses discours lui attiraient de nouveaux disciples. Mais comment les recevoir dans cette étroite chaumière? Comment surtout célébrer convenablement les mystères sacrés, chanter les offices de l'Église dans un tel lieu? Ayant donc pris l'avis de ses disciples, il alla trouver l'évêque d'Assise son protecteur, afin d'obtenir

de lui, ou par son entremise, de ses chanoines, le plus
pauvre sanctuaire des environs de la ville. Ni l'é-
vêque ni les chanoines ne peuvent répondre à ses
vœux. François s'adressa alors aux bénédictins du
mont Subasio, qui volontiers lui firent l'abandon de
la petite chapelle de Sainte-Marie-des-Anges. Ils y mirent une condition : s'il plaisait au Seigneur de mul-
tiplier le nouvel ordre, ce lieu serait toujours considéré comme le premier et le principal entre toutes
ses demeures. Pareille réserve agréait trop au cœur
du bienheureux pour causer le moindre embarras;
là sa famille avait pris naissance, là il avait reçu
des grâces spéciales, et puis cette église était pauvre,
petite, sans apparence, assez éloignée de la ville
pour ne pas en répercuter les éclats bruyants, que
pouvait-il ambitionner de plus? L'abbé de Subasio
voulait la lui donner comme un bien propre. Le
saint ne l'entendit pas ainsi; comme le Sauveur,
il souhaitait n'avoir pas où reposer sa tête, où abriter les siens; il désirait vivre sans aucun des biens
de ce monde, et n'avoir qu'à titre d'emprunt le
lieu consacré à la prière. Il offrit donc de donner
chaque année, à titre de redevance, aux bénédictins
un panier de petits poissons pêchés dans la rivière
voisine. Cet humble tribut de la pauvreté reconnaissante plut aux religieux, et, de leur côté, ils
envoyaient chaque année en retour, à Sainte-Marie,
une mesure de leur meilleure huile pour assaison-
ner les mets des frères.

Un vertueux prêtre d'Assise desservait cette chapelle. François alla aussitôt lui faire part des dis-

positions de l'abbé de Subasio, et le prier de vouloir bien n'y mettre aucun obstacle. Le digne prêtre félicita le saint d'un arrangement si conforme à ses vœux les plus ardents; il avait toujours souhaité voir Marie honorée dans ce pauvre sanctuaire; quels hommes pourraient mieux célébrer ses louanges que ceux dont tout le monde déjà admirait la ferveur?

Ces dernières démarches avaient eu lieu à une heure avancée de la nuit. François se dirigea d'Assise vers Sainte-Marie, afin d'en prendre possession tout de suite par la prière. A peine avait-il commencé ses actions de grâces, que le Sauveur apparut sur l'autel comme sur un trône; sa Mère vénérable et des anges nombreux lui faisaient cortège; tous fixaient sur le saint un regard de bénignité. Ébloui des rayons lumineux échappés de la face de Jésus, tremblant et hors de lui-même à la vue d'un si auguste spectacle, il se prosterne jusqu'à terre, puis, se remettant de sa première frayeur, il s'écria :

« Très saint Seigneur, Roi des cieux, rédempteur du monde, doux objet de mon amour, et vous, Reine des puissances célestes, quel attrait peut donc vous faire éprouver cette pauvre demeure pour vous porter à quitter les hauteurs du ciel et vous faire descendre en un lieu si humble?

— Nous sommes venus, ma mère et moi, répondit le Sauveur, pour te fiancer, toi et les tiens, à ce lieu de prédilection, à cette demeure qui nous est chère d'une façon toute spéciale. » Et au même instant la vision disparut.

Pénétré de charité et d'allégresse, François s'écria de nouveau : « Oui, il est vraiment saint, ce lieu ! il est plus digne d'être la demeure des anges que des hommes; non, tant qu'il sera en mon pouvoir, je ne m'en séparerai pas; il sera pour les miens et pour moi un mémorial perpétuel de la miséricorde divine. »

Le lendemain, il fit conduire le chétif mobilier du Rivo-Torto dans une petite maison voisine de Sainte-Marie, abandonnée aux nouveaux religieux par le bon chapelain, et il y fixa définitivement sa demeure. Alors il put recevoir plusieurs disciples dont l'admission avait été différée jusqu'à ce jour. C'étaient Léon d'Assise, homme d'une simplicité admirable, et considéré bientôt comme une des colonnes de la famille franciscaine; Rufin, parent de sainte Claire, et digne, par ses éminentes vertus, d'une si noble parenté; Massé de Marignan, dont la suave parole gagnait tous les cœurs; l'humble et naïf Junipère, religieux souvent insensé aux yeux du monde, mais sublime aux yeux du Seigneur; Illuminé de Rieti et Augustin de Massa, comptés par le Dante parmi « les premiers pauvres déchaussés qui, portant la corde, devinrent les amis de Dieu ». (*Parad.*, c. xii.) Comme leurs aînés, ils étaient peu versés dans les sciences humaines, peu faits pour briller au milieu des sages de la terre; mais leur abnégation héroïque, leur union incessante avec Dieu, leur tendre et inépuisable charité, leur humilité modelée en tout sur l'humilité de la croix, les rendaient dignes d'être les chefs de cette génération

forte et indomptable que l'on vit bientôt commencer
une lutte incessante contre les ennemis de l'Église.
Le Maître les envoyait à son serviteur François tels
qu'il les fallait à ses desseins célestes, tels qu'il avait
choisi lui-même ses premiers apôtres.

D'autres les suivirent de près, et si nombreux
qu'il nous serait impossible de les mentionner tous.
François s'appliquait le jour et la nuit à les former
par ses leçons et ses exemples à la pauvreté, à la
prière, à la prédication. Ce dernier point le préoc-
cupait singulièrement; il lui tardait d'entreprendre
contre le monde cette croisade dont, avant sa conversion, une lumière prophétique lui avait découvert les heureux résultats, et il attendait avec une
sainte patience l'heure où il pourrait lancer ses soldats dans l'arène. Au commencement de 1211, ayant
réuni sa pieuse communauté et voulant juger de
l'aptitude de chacun, il commanda à Bernard de
Quintavalle d'annoncer à ses frères la parole divine.
L'humble religieux se lève sans se troubler de cet
ordre inattendu, et, faisant appel à la charité embrasée de son cœur, à son âme toute pénétrée des
merveilles de la loi divine, il étonne la sainte assemblée; l'Esprit de Dieu semblait avoir mis sa
parole sur ses lèvres. Après lui, Pierre de Catane
se fit entendre avec le même succès; un troisième
vint ensuite, et ne fut en rien inférieur aux deux
premiers.

François n'avait plus à hésiter; l'aptitude de ses
frères devenait évidente à ses yeux; mais la divine
miséricorde voulut bien encore le rassurer par un

miracle éclatant. Jésus-Christ lui-même, le maître des apôtres et des évangélistes, vint se placer au milieu de ces hommes; il étendit sa main pour les bénir et arrêta sur eux un regard bienveillant.

Remplis à la fois d'allégresse et de frayeur, tous se jetèrent la face contre terre pour rendre hommage au Dieu dont la tendresse se manifestait si ineffable; puis, la vision disparue, François prit la parole : « O mes frères, dit-il, ô mes enfants bien-aimés, offrez de suprêmes actions de grâces au Dieu tout-puissant et à son Fils, Jésus-Christ Notre-Seigneur, à qui il a plu de disséminer ses trésors par la bouche des simples. Oui, c'est lui qui ouvre la bouche des enfants, délie la langue des muets et rend éloquente la parole des ignorants. Il compatit miséricordieusement au monde enseveli dans le vice, et il a arrêté de faire entendre ses avertissements aux hommes jetés hors de la voie. Afin de détruire l'œuvre du démon, au milieu de tant d'iniquités dont la terre surabonde, il a choisi pour ses prédicateurs des personnes du dernier rang et sans considération aucune, afin que nulle chair ne se glorifie en sa présence, et que le bien accompli lui revienne ostensiblement. Parmi vous, il y a peu de sages selon le monde, peu de nobles, peu de puissants, et cependant il vous a choisis pour une telle entreprise, il vous a destiné toutes les contrées de l'univers, afin que vous le glorifiiez par vos œuvres et vos paroles... Ceignez donc vos reins, remplissez-vous de force, revêtez-vous de l'armure de la foi, et tenez-vous prêts, pour la cause de l'Évangile, à

voler comme des nuées là où vous porteront l'obéissance et le mouvement de l'Esprit divin, afin de répandre sur le sable aride et la terre endurcie des
cœurs en proie aux crimes les eaux de la céleste parole. Le Seigneur ne vous a pas appelés à cet ordre
pour vous y laisser vivre près de vos proches et au
milieu de votre patrie, dans la paix et la tranquillité, sans fatigue ni travail, mais pour porter son
nom et sa foi devant les nations et les rois de la
terre. Dès demain donc, pour ne mettre ni lenteur
ni paresse à exécuter le bon vouloir de Dieu, nous
partagerons les diverses contrées de l'Italie, et nous
nous tiendrons prêts à partir pour d'autres missions
dans les pays les plus lointains de la terre. »

Ce noble langage et l'apparition divine les péné-
trèrent d'un saint enthousiasme; ils se déclarèrent
prêts à tout entreprendre pour la gloire du Sauveur.
Cependant François, fidèle aux lois de la prudence,
borna cette première mission à l'Italie, alors en
proie à bien des agitations; il assigna à ses frères
les contrées qu'ils devaient évangéliser, et les envoya deux à deux. Il garda le prêtre Silvestre pour
l'accompagner dans ses prédications.

Il se dirigea d'abord vers Pérouse. Là il prêchait
sur la place publique au milieu d'une grande foule,
quand plusieurs cavaliers et les jeunes gens des
principales familles vinrent faire des courses et tirer
des armes sur cette place. François, les voyant ob-
stinés, malgré ses remontrances, à poursuivre leurs
jeux, leur dit : « Écoutez et comprenez bien ce que
Dieu vous annonce par moi son serviteur : il vous a

exaltés et glorifiés au-dessus de tous les peuples circonvoisins, et ainsi vous devriez, par reconnaissance, vous humilier non seulement devant lui,
mais devant toute créature à cause de lui. Loin de
là, votre cœur s'est enflé d'orgueil au milieu de
vos triomphes; vous avez porté le ravage chez vos
voisins, vous en avez mis à mort un grand nombre.
Je vous déclare donc que si vous ne vous conver-
tissez au Seigneur, si vous n'offrez satisfaction aux
hommes victimes de vos insultes, le maître suprême, afin de tirer de vous une vengeance plus
éclatante et une punition plus terrible, afin de vous
couvrir d'un plus grand opprobre, vous armera les
uns contre les autres; vous serez en proie aux sédi-
tions, aux guerres intestines, et vous souffrirez une
tribulation telle, que vos ennemis n'eussent pu vous
infliger rien de semblable. »

L'événement ne tarda pas à justifier les menaces
du saint; la division éclata entre la noblesse et le
peuple quelques jours après. Le peuple, vainqueur,
chassa les riches de la ville. Ceux-ci, furieux, se ré-
pandirent dans la campagne, portant le ravage en
tous lieux, saccageant les blés, les vignes, les maisons, et le peuple, resté maître au sein des remparts, pilla les demeures des riches, accabla de
mauvais traitements leurs serviteurs et leurs enfants; la désolation couvrit cette malheureuse contrée.

Ces calamités ouvrirent les yeux à plusieurs
jeunes gens; ils vinrent se ranger sous la conduite
de François, et chercher, dans une indigence volon-

taire, le pain que leur patrie était impuissante à leur donner. Le serviteur de Dieu se rendit de là à Cortone, où ses prédications lui attirèrent encore des disciples dont les plus célèbres furent Gui, jeune homme soigneusement instruit dans les lettres et d'une piété admirable; Élie, génie vaste et puissant, apte au maniement des affaires, et dont le nom a laissé de tristes souvenirs dans l'histoire de l'ordre franciscain; Vitus, cœur brûlant du zèle du salut des âmes et digne de marcher à la suite de son glorieux maître dans les travaux de l'apostolat. Ayant fondé une maison près de cette ville, il mit à la tête son disciple Silvestre, et choisit un des novices pour l'accompagner dans ses courses.

A l'approche du carême, il se retira secrètement dans une petite île du lac Trasimène, pour s'y préparer par la pénitence à de nouvelles conquêtes. Pendant quarante-deux jours, il y vécut de la moitié d'un petit pain et de l'eau d'une source qui coulait auprès de sa retraite. Puis, revenant à Pâques à Cortone, il travailla à instruire les novices, leur donna pour directeur le frère Gui, devenu en quelques mois un maître excellent, et s'en alla ensuite avec Silvestre vers d'autres contrées.

A Arezzo il trouva la ville divisée et les factions prêtes à en venir aux mains. Ses prières suffirent à ramener la paix, et la reconnaissance des habitants lui permit de bâtir une maison aux nombreux disciples entraînés par ses vertus à suivre son genre de vie.

De là il voulut se rendre à Florence; mais sa

santé délabrée le contraignit de s'arrêter à Gargheretto, dans la vallée de l'Arno. On lui offrit un terrain où il bâtit de ses mains une humble demeure. A Florence, il attira à lui des hommes du plus haut mérite, parmi lesquels nous comptons Jean Parent, plus tard ministre général de l'ordre, Jean Bouillé, Michel d'Albertin et Monaldi. Ils eurent pour retraite une petite maison que de pieux habitants cédèrent à François comme à un ami de Dieu. Vers le mois d'octobre, il se remit en route et forma encore quelques établissements. A Pise, il reçut au nombre des siens Ange et Albert, hommes d'une rare vertu. Ange fut le premier gardien de la province de France, puis provincial d'Angleterre; Albert gouverna successivement les provinces de Germanie et d'Espagne, puis devint général de l'ordre.

En 1212, le saint arrivait à Sarzïano. Les habitants, charmés de ses prédications, l'invitèrent à fixer au milieu d'eux sa demeure. Comme Jésus, son modèle, il répondit en montrant combien de contrées attendaient encore les enseignements du salut. Ce bon peuple le pria de lui laisser au moins quelques-uns de ses frères. Il acquiesça volontiers à ce désir, et une pauvre demeure fut élevée à une demi-lieue de là sur le sommet d'une montagne d'où la vue s'étendait jusqu'à Assise. François affectionnait cette solitude, étrangère aux moindres bruits du monde; il aimait à s'y rendre de temps à autre pour vaquer, dans le silence, à la contemplation des choses célestes. Un des habitants lui bâtit à part une petite cellule en bois; mais le pauvre du

Seigneur, la trouvant confectionnée avec trop de soin, la refusa, et il fallut la réduire à n'être qu'une hutte misérable pour le déterminer à en faire son séjour. Sa prière cependant n'y fut pas à l'abri des attaques du démon : l'ennemi de tout bien essaya de se transformer en ange de lumière; puis, vaincu de ce côté, il eut recours aux sollicitations de la concupiscence. Aucune de ses ruses n'était inconnue à cet athlète prudent et héroïque; la tentation se trouvait impuissante là où Dieu dominait sans réserve.

En sortant de Sarziano, le saint établit encore une maison en un lieu appelé Cetona ou Citonio, et enfin il rentra à Assise, d'où il était absent depuis plus d'une année. Le bruit de ses prédications avait retenti au loin; sa renommée reposait sur des bases inébranlables et en imposait aux plus prévenus. Ce n'était plus le jeune converti dont les pratiques incomprises prêtaient plus ou moins aux railleries amères des mondains, le zélateur dont les idées avaient pu sembler excentriques et accuser un jugement suspect. Sa persévérance ne s'était pas démentie; son humilité, sa pauvreté, son abnégation pouvaient provoquer sans crainte l'examen le plus sévère. Disciple de la croix, il l'avait portée sans murmure et sans arrière-pensée humaine; jamais on ne l'avait vu s'incliner vers la terre pour y puiser une consolation ou pour y mendier une louange. Ses miracles, nombreux, incontestables, avaient pour témoins ses disciples et des populations entières. L'Esprit de Dieu était donc avec lui; son

4

œuvre était donc une œuvre divine. Aussi, à son
retour à Assise, fut-il reçu comme un envoyé du
ciel; les cloches sonnèrent à grandes volées; le
clergé, les habitants sortirent à sa rencontre, portant des rameaux dans leurs mains, chantant des
hymnes et des cantiques; les mères lui offraient
leurs enfants pour qu'il les bénît; les malades, les
infirmes, lui demandaient leur guérison. On coupait
les bords de ses vêtements comme si une vertu se-
crète eût dû s'en échapper. Pour lui, humble, modeste, silencieux, il renvoyait ces honneurs au
maître suprême dont il se considérait comme l'indigne créature; son âme, absorbée tout entière dans
la méditation des souffrances du Sauveur, était insensible aux vains bruits de la terre. Il avait con-
quis le monde en le méprisant, il recevait ses hommages comme un trophée déposé au pied de la croix
de son Dieu; la croix seule triomphait à ses yeux.
Rentré à Sainte-Marie-des-Anges, il n'avait plus une
pensée pour les ovations terrestres; sa sollicitude
s'étendait aux nombreux novices envoyés des diverses contrées de l'Italie par les compagnons de son
apostolat. Il les formait à marcher sur les traces de
leurs aînés, et à devenir des religieux dignes de la
sainte Église à laquelle ils consacraient leur vie.

Il prêcha le carême de cette année 1212 à ses concitoyens, et plusieurs d'entre eux vinrent se ranger
sous sa conduite.

Mais sa conquête la plus célèbre fut celle de la
jeune Claire, divinement prédestinée à devenir la
mère de toute une génération de saintes âmes dont

la vie devait briller en ce monde comme les astres du firmament, et réjouir l'Église au milieu des tristesses de son exil.

La vierge Claire était une jeune et brillante personne, noble et belle, à qui un prochain avenir promettait les plus riantes espérances. Une nuit elle disparaît de la maison paternelle et va se réfugier dans la pauvre et modeste chapelle de Sainte-Marie-des-Anges, où François, en présence de ses disciples, lui coupe sa luxuriante chevelure, la revêt d'une bure grossière, et, à la lueur symbolique des flambeaux, au chant joyeux des hymnes, la fiance pour jamais à l'Époux du ciel. Le lendemain, lorsque l'événement est connu, on s'indigne; mais les plus illustres parmi ses jeunes compagnes finissent par admirer et imiter la généreuse Claire. Ces vierges formèrent le second ordre fondé par saint François, et furent appelées *Pauvres-Dames* ou *Clarisses*, du nom de leur première abbesse.

L'ordre héroïque des Clarisses se propagea aussi merveilleusement que celui des Frères mineurs. Les filles de sainte Claire parurent sur toutes les plages où les enfants de saint François avaient déjà planté leurs tentes, et aujourd'hui (1873) elles sont aussi nombreuses en France [1] que les religieux franciscains.

---

[1] Elles ont actuellement des monastères à Alençon, Arras, Aurillac, Bastia, Béziers, Cambrai, Gourdon, Lavaur, le Puy, Limoges, Lyon, Marseille, Montbrizon, Nantes, Périgueux, Péronne, Perpignan, Poligny, Saint-Omer, Toulouse, Versailles, etc.

Revenons à notre saint.

Après ce carême il se sentit entraîné avec une ardeur irrésistible vers la vie contemplative. Un doute s'éleva dans son esprit sur ses occupations à venir; devait-il suivre le désir actuel de son âme, ou bien continuer, comme par le passé, ses courses apostoliques? L'épuisement de son corps réclamait le repos; la douceur de ses entretiens avec Dieu faisait pour lui de Sainte-Marie-des-Anges et de ses solitudes un séjour délicieux. Goûter son Seigneur, jouir de lui sans distraction aucune, l'invoquer, comme Moïse, entre le ciel et la terre, traiter face à face avec lui du salut des hommes, il y avait bien de quoi séduire cette âme éminemment méditative; mais aussi l'exemple de la Sagesse éternelle se faisant homme, vivant au milieu des hommes, leur prêchant l'Évangile sans relâche, se livrant à des courses accablantes et achevant sur une croix le ministère de sa vie active, l'exemple, dis-je de cette Sagesse adorable, ramenait violemment son cœur; c'était pour lui une voix puissante qui lui criait : « Faites selon le modèle offert à vos yeux sur la montagne. » Pressé d'un côté par l'amour de son Dieu, et de l'autre par l'ardeur de sa charité pour ses frères, il ne savait, comme l'apôtre, quel parti prendre. Il chargea donc la vierge Claire et le prêtre Silvestre d'interroger dans la prière le maître suprême de sa vie, bien résolu de se soumettre à leur conseil; puis, quelque temps après, il envoya deux de ses disciples, Philippe et Massé, recevoir de leur bouche l'ordre du ciel.

Les deux envoyés étant de retour à Sainte-Marie, il les reçut avec un humble respect, leur lava les pieds, leur servit à manger, et, les conduisant ensuite dans un bois voisin, il se mit à genoux, les bras en croix, la tête nue, et leur dit : « Que m'ordonne Jésus-Christ? — Mon cher père et frère, répondit Massé, l'aimable Jésus a fait entendre à Silvestre, à Claire et à ses sœurs une même parole; sa volonté est que vous alliez prêcher; il ne vous a pas appelé seulement pour vous, mais pour les autres; pour eux il placera ses paroles dans votre bouche. » Alors, tout brûlant du feu du divin amour, le saint se leva en criant : « Eh bien! allons au nom du Seigneur. » Et, choisissant pour compagnons de ses nouvelles courses ce même frère Massé et Ange de Rieti, il se mit en route, heureux de sacrifier une santé chancelante à annoncer aux hommes ce Dieu objet de toute sa tendresse.

CHAPITRE V

Nous passons sous silence la plupart des miracles de cet illustre thaumaturge; ils sont de tous les jours. La nature semble lui être soumise comme à son maître. Cependant nous ne saurions taire entièrement son action incomparable sur les créatures privées de raison, sur les êtres insensibles. L'amour a transformé son cœur à un degré peu ordinaire, même parmi les saints, et chacune de ses paroles est une parole d'amour. Il donne au soleil, aux étoiles, aux animaux, le doux nom de frères, de sœurs; il les invite à célébrer les bontés du maître commun, à lui témoigner leur reconnaissance. Autrefois le grand prophète invitait le feu et la grêle, la neige et les tempêtes, les montagnes et les collines, l'arbre penché vers la terre sous le

fardeau de ses fruits et le cèdre superbe, tous les
animaux, depuis le reptile qui se traîne dans la
fange jusqu'à l'oiseau qui s'élève aux régions les
plus pures de l'air, à louer le Seigneur et à s'unir,
dans un concert solennel, à l'homme créé pour connaître, aimer, bénir et célébrer son nom sur la
terre, à l'ange déjà en possession de son inénarrable
félicité. Ainsi François s'adresse à toutes les créatures, et elles entendent sa voix, elles comprennent
son langage, elles sentent sa puissance, elles s'in-
clinent devant lui comme au jour de la création devant Adam, divinement constitué le dominateur du
monde. Écoutons saint Bonaventure nous racontant
ces merveilles :

« Lorsque le serviteur de Dieu, instruit par Claire
et Silvestre des desseins du Ciel, se fut mis en
route, il trouva un lieu où s'étaient réunis un grand
nombre d'oiseaux de toutes sortes. Il courut à eux
avec joie et les salua comme s'ils eussent été doués
de raison. Tous l'attendirent et se tournèrent vers
lui. Lorsqu'il fut proche, inclinant la tête d'une
manière inaccoutumée, de dessus les branches, ils
tinrent leurs regards fixés sur lui. Arrivé à eux, il
les avertit d'écouter la parole de Dieu avec attention, et leur dit : « Mes frères les oiseaux, vous
devez louer beaucoup votre Créateur, qui vous a
accordé des plumes pour vous couvrir, des ailes
pour voler, la région la plus pure de l'air pour demeure, et qui vous nourrit sans aucune sollicitude
de votre part. » Pendant qu'il leur parlait ainsi, les
oiseaux témoignaient leur joie d'une façon admi-

rable, commencèrent à étendre le cou, à agiter leurs
ailes et à ouvrir le bec en regardant le serviteur de
Dieu. Et lui, tout plein d'une ferveur merveilleuse,
passant au milieu d'eux, les effleurait du bord de sa
robe, mais aucun ne s'en effrayait. Enfin, leur ayant
donné sa bénédiction par un signe de croix et la
permission de s'en aller, tous s'envolèrent. De retour vers ses compagnons, il s'accusa de négligence
pour n'avoir pas encore, jusqu'à ce jour, prêché ses
frères les oiseaux.

« Une fois, à Sainte-Marie, on offrit à l'homme
de Dieu une brebis. Il la reçut avec reconnaissance
à cause de la simplicité et de l'innocence naturelles
à cet animal. Il l'avertit d'être attentive à louer
Dieu, et de s'abstenir de toute offense envers les
frères. La brebis, comme si elle eût compris la
tendre piété qui animait le saint, se conformait
avec le plus grand soin à ses avis. Quand elle entendait chanter les frères réunis au chœur, elle
entrait d'elle-même à l'église, fléchissait les genoux et se mettait à bêler devant l'autel de la Vierge,
mère de l'Agneau, s'efforçant de lui offrir ainsi ses
salutations. A la messe, lorsqu'on élevait le très
saint corps de Jésus-Christ, elle se prosternait entièrement, comme pour accuser par son respect les
hommes sans dévotion, et inviter en même temps
les cœurs pieux à révérer profondément ce sacrement d'amour.

« Une fois, étant à Rome, il avait gardé avec lui
un petit agneau par respect pour l'Agneau plein de
douceur. En s'en allant, il le confia aux soins d'une

noble dame nommée Jacoba de Settisoli, et toute
dévouée à François et à son ordre. Or cet agneau,
comme s'il eût été formé par son maître aux choses
spirituelles, s'attachait inséparablement à la dame
toutes les fois qu'elle allait à l'église. Si le matin
elle tardait à se lever, il l'excitait par ses mouve-
ments et ses cris, il l'exhortait par ses signes et ses
démarches à se rendre sans retard au lieu saint.
Aussi cette dame conservait-elle avec amour et admiration ce disciple de François, devenu un maître,
qui ranimait de la sorte sa dévotion.

« Une autre fois, que le saint était logé au monastère de Saint-Véréconde, dans l'évêché de Gubbio, une brebis donna le jour à un petit agneau.
Une truie cruelle, qui se trouvait là, le dévora sans
pitié pour son innocence. L'ayant appris, notre
tendre père en fut touché d'une compassion extraordinaire, et, se rappelant l'Agneau immaculé, il
se lamentait en présence de tout le monde sur la
mort de ce petit agneau. Il s'écriait : « Petit agneau,
mon frère, animal innocent, hélas! vous offrez aux
hommes l'image de Jésus-Christ. Que maudite soit
la cruelle qui vous a donné la mort, que nul homme
ne se nourrisse de sa chair, ni aucun des animaux
non plus! » Aussitôt cette bête malfaisante commença à languir, et, au bout de trois jours, après
avoir souffert de justes douleurs, elle mourut en
punition de la mort de l'agneau. On la jeta dans
une vallée, non loin du monastère, et elle s'y des-
sécha comme un morceau de bois sans devenir la
proie d'aucun animal.

4*

« Étant en voyage du côté de Sienne, il rencontra dans les champs un nombreux troupeau de brebis. Les ayant saluées avec bonté, selon sa coutume, elles laissèrent aussitôt leur pâturage, coururent toutes à lui, et, levant les yeux, elles le regardaient sans s'occuper d'autre chose. Enfin elles montrèrent tant de joie, que les bergers et les frères qui l'accompagnaient, voyant ainsi tout ce troupeau l'entourer et lui témoigner son bonheur d'une façon si extraordinaire, en étaient dans l'admiration.

« Un jour, on présenta à l'homme de Dieu un lièvre vivant; ayant été déposé à terre et mis en liberté de fuir où il voudrait, sur une invitation de ce tendre père, il s'élança dans son sein. Après l'avoir pressé avec amour contre son cœur et avoir compati à son sort comme une mère, il l'avertit avec douceur de ne plus se laisser prendre à l'avenir et lui permit de s'en aller. Mais, quoiqu'on l'eût mis à terre plusieurs fois pour lui donner la liberté, il revenait prendre place sur les genoux du bienheureux, comme si, par un sentiment secret, il eût voulu demander encore une grâce à la tendresse de son cœur, et alors le saint commanda aux frères de le porter dans un lieu plus solitaire et plus à l'abri des dangers.

« Dans un voyage sur le lac de Rieti, un pêcheur lui fit présent, par dévotion, d'un oiseau aquatique dont il s'était emparé. Le saint le reçut avec plaisir, et, ayant ouvert la main, il l'invita à s'envoler; mais l'oiseau ne le voulut pas. Alors François, élevant les yeux au ciel, demeura longtemps en prière,

et enfin, revenu à lui-même comme d'un ravissement, il ordonna de nouveau à l'oiseau de s'éloigner
afin d'employer sa voix à louer Dieu. Après avoir
reçu cet ordre et la bénédiction du saint, il agita ses
ailes en signe de joie et s'envola.

« François, traversant avec un frère les lagunes
de Venise, trouva une multitude considérable d'oiseaux occupés à chanter au milieu des broussailles.
Il dit à ses compagnons : « Nos frères les oiseaux
louent leur Créateur; allons nous placer au milieu
d'eux; nous joindrons nos voix aux leurs et nous
chanterons l'office de l'Église. » A leur approche,
les oiseaux demeuraient sans crainte. Mais, comme
leur ramage empêchait les deux voyageurs de s'entendre, le saint leur dit : « Mes frères les oiseaux,
suspendez vos chants jusqu'à ce que nous ayons, de
notre côté, rendu à Dieu les hommages que nous lui
devons. » Ils se turent aussitôt et demeurèrent en
silence jusqu'au moment où François, ayant ter-
miné ses prières, leur permit de chanter. A peine
cette permission accordée, ils recommencèrent comme
auparavant.

A Sainte-Marie de la Portioncule, il y avait sur
un figuier, près de la cellule du serviteur de Dieu,
une cigale occupée à chanter. Il se sentait excité par
ces chants à célébrer plus fréquemment les louanges
de Dieu. L'ayant donc appelée un jour, elle vint,
comme si elle eût été divinement instruite, se placer sur sa main, et il lui dit : « Ma sœur la cigale,
fais-nous entendre tes chants et loue ton Créateur
par des accents de joie. » Aussitôt elle se mit à

chanter, et elle ne s'arrêta point que le saint ne lui
eût commandé de retourner à sa place. Elle demeura là pendant huit jours, allant et venant à la
volonté de François, et faisant entendre les mêmes
chants. Alors il dit à ses compagnons : « Il est
temps de donner à notre sœur la cigale permission
de s'en aller, elle nous a assez réjouis par ses chants ;
il y a huit jours qu'elle nous excite à célébrer les
chants du Seigneur. » Il la congédia donc, et elle
ne se montra plus en ce lieu, comme si elle eût
craint de transgresser le commandement du bienheureux.

« Le saint était allé à la solitude du mont Alverne
pour y faire son carême accoutumé en l'honneur
de l'archange saint Michel. A peine y fut-il arrivé,
que les oiseaux de toutes sortes volèrent autour de
sa cellule, firent grand ramage et s'agitèrent comme
pour montrer la joie que leur causait sa présence
et le porter à prolonger son séjour en ce lieu. Alors
il dit à son compagnon : « Je vois que la volonté
du Ciel est que nous demeurions quelque temps ici,
puisque nos frères les oiseaux semblent trouver tant
de bonheur à nous y voir. » Pendant le séjour du
saint en cette maison, un faucon fit son nid et se
lia avec lui d'une amitié toute particulière. Chaque
nuit il l'avertissait par ses chants et ses cris,
lorsque l'heure de se lever pour l'office était arrivé :
ce que le saint avait pour singulièrement agréable,
car cette sollicitude de l'oiseau l'arrachait à tout
engourdissement. Mais s'il se sentait plus fatigué
que de coutume par ses infirmités, le faucon le mé-

nageait en ne le réveillant plus si matin ; et, comme
s'il eût été instruit par Dieu lui-même, aux approches du jour, il venait et lui faisait entendre doucement les sons de sa voix. »

Citons maintenant les deux traits suivants gra-
cieusement racontés par un pieux poète de nos
jours [1] :

LES HIRONDELLES DE SAINT FRANÇOIS

Passant un jour dans un village,
François voulut parler de Dieu ;
Mais empêché par le ramage
Des hirondelles de ce lieu,

Le saint se retournant vers elles,
Leur dit d'un ton plein de douceurs :
« O babillardes hirondelles,
Hirondelles, mes chères sœurs,

« Vous avez en votre allégresse
Assez jasé pour tout un jour ;
Il est temps que votre bruit cesse
Afin que je parle à mon tour.

« Écoutez avec révérence
De Dieu l'enseignement sacré,
Et gardez un profond silence
Tout le temps que je prêcherai. »

Il disait, et les hirondelles
Demeurèrent dès ce moment
Sans oser remuer leurs ailes,
Ni jeter un gazouillement.

[1] *Le poème de saint François*, par le comte A. de Ségur.

SAINT FRANÇOIS ET LES ALOUETTES

Parmi les innocentes bêtes
Qu'il avait en douce pitié;
François portait aux alouettes
Une singulière amitié.

Il aimait leur couleur de cendre
Qui lui rappelait le tombeau,
Et que lui-même voulut prendre
Pour sa tunique et son manteau.

Les voyant d'une aile légère
S'élever en chantant gaiement,
Quand elles avaient sur la terre
Trouvé quelques grains seulement :

« O créatures innocentes,
Par votre vol et vos chansons
Vous nous donnez, quoique ignorantes,
Disait-il, de grandes leçons!

« Nous devrions, suivant vos traces,
Savoir nous contenter de peu,
Et par nos actions de grâces
En tout temps rendre gloire à Dieu.

« Nous devrions, vers la lumière
Tendant d'un essor immortel,
Comme vous mépriser la terre,
Comme vous aspirer au ciel. »

Empruntons encore un dernier trait à l'auteur
des *Fioretti*. Un loup terrible ravageait les environs
de Gubbio. Les hommes eux-mêmes redoutaient ses
attaques. La consternation qu'il répandait autour

de lui excita la compassion de saint François; il résolut d'aller trouver le loup et sortit un jour de la ville avec quelques-uns de ses frères. S'apercevant que ceux-ci tremblaient de s'avancer, il les laissa et prit seul le sentier qui conduisait au furieux animal. A la vue de la multitude qui se pressait pour être témoin de ce qui allait se passer, le loup s'élance d'abord vers saint François, la gueule béante. Le saint avance à sa rencontre, fait sur lui le signe de la croix, et lui dit : « Viens ici, frère loup, viens, et de la part du Christ, je te l'ordonne, ne fais aucun mal ni à moi ni à d'autres. » O merveille! ce loup tout à l'heure si terrible ferme la gueule, et, sur l'ordre de François, vient, doux comme un agneau, se coucher à ses pieds. Alors le saint lui dit : « Frère loup, tu causes tant d'immenses ravages dans cette contrée; non content de dévorer les animaux, tu as eu l'audace de donner la mort à des hommes créés à l'image de Dieu. Tu mérites, après tant de forfaits, d'être conduit aux fourches comme un infâme homicide. Mais je le veux, frère loup, tu vas te réconcilier avec les habitants de la ville, tu leur promettras de ne plus leur causer aucun tort, et ni eux, ni leurs chiens ne te poursuivront plus désormais. » A ces paroles, le loup incline la tête en signe d'assentiment, et le saint ajoute : « Frère loup, puisque tu consens à faire la paix que je te propose, je veux pouvoir compter sur ta promesse, j'exige que tu m'en donnes un garant. » Et le saint présentant la main, le loup lève une de ses pattes et l'y pose familièrement. Le

saint ne s'en tint pas encore là. « Frère loup, dit-
il, au nom de Jésus-Christ, je t'ordonne de me
suivre sur-le-champ; viens, nous allons ratifier
cette paix au nom de Dieu. » Et le loup, obéissant,
suivit François jusque sur la place de Gubbio, où
la foule se presse attirée par la nouvelle du prodige.
François prend occasion de la conversion du loup
pour faire au peuple un touchant discours sur la
pénitence et sur la crainte de l'enfer, bien plus redoutable que la gueule d'une bête féroce, ratifie de
nouveau devant la ville entière le traité de paix
conclu avec le loup, et pendant les deux ans que
l'animal vécut encore, il vint tous les jours recevoir à Gubbio sa nourriture, qui jamais ne lui fut
refusée.

Tels étaient les rapports de cet admirable serviteur de Dieu avec les créatures privées de raison.
Loin de rétrécir sa grande âme, il l'animait à tenter
chaque jour des choses plus extraordinaires, à se
dévouer plus entièrement à Celui dont tout l'univers
célèbre la puissance et la bonté.

CHAPITRE VI

Le désir du martyre. — Les vents contraires. — Le roi des
vers. — Une autre Thébaïde. — L'héroïsme du zèle. —
Voyage en France et en Espagne. — L'Alverne. — Le
charbonnier Cotolaï. — Retour à Sainte-Marie. — La
vocation du villageois. — Comte et paysan. — L'Alverne
et la Passion. — La prison du frère loup.

Bientôt l'Italie ne suffit plus à l'ambition généreuse de notre saint. Il rêve des conquêtes plus lointaines, il veut ouvrir à ses disciples un champ plus
vaste, et ses regards se tournent vers cet Orient où
depuis plus d'un siècle les armées de la croix font la
guerre aux sectateurs de Mahomet, et les empêchent,
au prix de sacrifices quelquefois mal combinés, il
est vrai, mais toujours héroïques, de déborder sur
l'Europe. Il veut leur faire une guerre nouvelle, les
conquérir à l'Évangile ou tomber sous leurs coups,
martyr de la foi.

Ayant donc établi Pierre de Catane son vicaire
à Sainte-Marie-des-Anges, il se rendit à Rome. Là il
entretint le pape Innocent III de la multiplication

de son ordre, de ses succès dans la prédication de l'Évangile, et enfin de la pensée où il était lui-même d'annoncer la foi aux mahométans et aux Tartares. L'âme d'Innocent tressaillit; il bénit François et lui accorda de tenter l'exécution de si nobles projets. Le saint alla s'embarquer dans un des ports de l'Adriatique; mais l'heure de la Providence n'était pas encore venue. Le vaisseau, ballotté par les orages, dut chercher un refuge sur les rivages de l'Esclavonie et y séjourner longtemps. Le saint, ne trouvant plus matière à son zèle, et voyant s'évanouir tout espoir de poursuivre son voyage, profita du départ d'un vaisseau pour revenir à Ancône.

A peine débarqué, il reprit ses prédications. A San-Severino, il compta parmi ses auditeurs un poète illustre dont le nom est à peine parvenu jusqu'à nous. Ni la couronne accordée à ses chants par Frédéric II, ni le titre éclatant de *roi des vers*, sous lequel il fut acclamé par ses contemporains, n'ont pu sauver de l'oubli sa renommée terrestre; aujourd'hui, le poète favori de la cour impériale nous serait aussi inconnu que ces nombreux troubadours dont la vie se passait à amuser les grands de ce monde, si la parole brûlante de François ne l'eût engagé sous un plus noble étendard. Sa conversion fut parfaite, et le saint, admirant son zèle à mettre de côté les sollicitudes du siècle, lui donna le nom de frère Pacifique.

Au mois d'octobre 1212, François rentrait à Sainte-Marie, où il reprenait la direction de sa famille. Parmi ses membres, il retrouvait d'anciens disciples; d'autres ne l'avaient jamais vu, mais tous avaient en lui une confiance égale, tous lui ouvraient leur âme, lui racontaient leurs tentations et leurs épreuves. A l'un il répondait : « Ne perdez point courage, mon fils, la tentation ne vous rend pas inférieur à vos frères; elle vous donne un rang distingué entre les serviteurs de Dieu. Nul n'est devenu parfait dans la voie sainte sans passer par les épreuves. Le Seigneur proportionne les combats à nos forces; si donc ils sont violents, c'est que la vertu est éminente. » A un autre il disait : « Ne craignez point, mon enfant, c'est là un signe de l'accroissement de la grâce en vous. »

La pieuse solitude de Sainte-Marie rappelait les jours les plus heureux des déserts de l'Égypte au temps d'Antoine, de Pacôme et de Macaire. C'étaient les mêmes vertus, les mêmes enseignements des voies intérieures, la même union, la même charité entre tous les frères. Ils s'étaient formés à se vaincre eux-mêmes et à vaincre le monde comme les apôtres l'avaient vaincu, par l'humilité, l'abnégation, le mépris de la vie, et par une prédication courageuse des vérités éternelles.

Vers la fin de cette année, le saint tomba gravement malade, et l'évêque d'Assise le contraignit d'accepter une chambre dans sa maison épiscopale. Mais là encore il s'occupait de son ordre malgré de continuelles souffrances. Chaque jour on voyait se rendre à l'évêché des troupes de trente et quarante novices envoyés par les frères de plusieurs points de l'Italie. Ils voulaient recevoir des mains de Fran-

çois le saint habit de la pénitence et du renoncement, et lui, oubliant ses infirmités, les accueillait
avec amour, leur adressait de douces paroles et de
généreux conseils; quelquefois même l'esprit prophétique s'emparait de lui, et à quelques-uns il an-
nonçait les secrets de l'avenir.

L'année 1213 trouva le serviteur de Dieu toujours
aux prises avec les souffrances corporelles, mais son
âme n'en était point abattue. Il méditait la conversion du monde, comme s'il n'eût point été retenu
captif sur son lit de douleur; il formait des projets
gigantesques, comme si son corps débile et anéanti
eût pu encore répondre aux ardeurs de son zèle.
Ses enfants parcouraient l'Italie, il voulut prendre
part aux fruits de leurs prédications, et, pour sup-
pléer à l'impuissance où il était d'annoncer la sainte
parole, il écrivit une petite lettre adressée à tous les
peuples pour les inviter à l'amour de Dieu et du
prochain. Ces quelques mots, tombés d'une main
défaillante, furent reçus dans le monde avec respect; on s'en disputa les copies, on admira la tendre
et simple charité de cet homme dont l'héroïsme
préparait à l'Italie une ère nouvelle, et on le pria de
donner quelques développements à ses précieux conseils. Une seconde lettre plus étendue répondit à
ces désirs. Comme la première, il l'adressa à tous
les chrétiens, aux religieux, aux membres du clergé,
aux fidèles de tout rang. Il se considère comme le
serviteur de tous, et ainsi il veut remplir envers
tous l'office de la charité en rappelant à chacun ses
devoirs.

A ces pieux écrits, accueillis partout avec vénération, allaient succéder pour François de nouvelles
fatigues. Il brûlait du désir d'être martyr de la foi.
Le peu de succès d'une première tentative, loin de
l'abattre, n'avait fait qu'aiguillonner son courage.
Le Maroc attirait toujours ses regards. Il ne pouvait
sans gémir se rappeler l'ancienne gloire de cette
Afrique, maintenant la proie du mahométisme et
la terreur des contrées catholiques de l'Europe. Il
en faisait le sujet de ses conversations les plus fréquentes; parfois il s'écriait : « O Tanger ! ô Tanger !
ville insensée ! O Maroc, ô contrée victime de tes
illusions ! Quand donc tes habitants, assis dans les
ténèbres et à l'ombre de la mort, ouvriront-ils les
yeux à la lumière de l'Évangile ! » Ayant recouvré
quelques forces au printemps de l'an 1213, il confia
de nouveau au vénérable frère Pierre de Catane le
soin de ses enfants, puis il reprit ses courses évangéliques avec Bernard de Quintavalle et quelques
autres religieux, bien résolu de les poursuivre à
travers l'Espagne et le détroit de Gibraltar jusqu'aux pays infidèles, objet de son ambition.

Sur la route, il prêcha et fonda quelques maisons. Il reçut du seigneur Orlando la célèbre montagne de l'Alverne, dont nous parlerons bientôt.
Ne pouvant s'y rendre lui-même, il envoya deux
de ses frères en prendre possession et continua son
voyage par le nord de l'Italie. Le midi de la France
était encore au milieu des agitations causées par
l'impure hérésie des Albigeois; il y passa sans s'arrêter, et entra en Espagne, d'où il espérait atteindre

en peu de temps le détroit, puis de là se jeter en Afrique.

A Burgos, dans une entrevue avec Alphonse de Castille, il obtint d'établir ses frères dans ses États. Si l'on en croit certains écrits, François aurait porté ses pas jusqu'en Portugal, et parcouru ensuite quelques provinces d'Espagne sans pourtant perdre de vue le Maroc. Ce qui est certain, c'est qu'il fit le voyage de Compostelle. Cette ville est célèbre, encore aujourd'hui, par le tombeau de l'apôtre saint Jacques le Majeur. Après Jérusalem et Rome, c'était le pèlerinage le plus fréquenté, le plus populaire du moyen âge. François, tout plein du désir de sacrifier sa vie pour l'Évangile, ne voulut point traverser l'Espagne sans faire une visite à ce tombeau de l'apôtre choisi, entre les douze, pour être le premier martyr de la foi. Il logea dans un faubourg de la ville, chez un pauvre charbonnier nommé Cotolaï, et de là il se rendait, pendant la nuit, sur une montagne voisine, afin d'y vaquer dans le silence de la solitude à la contemplation des choses célestes.

Le Seigneur lui inspira d'établir une maison de son ordre en un lieu désert de ces contrées, appelé *la vallée de Dieu et de l'enfer*. Ce lieu appartenait aux bénédictins de Compostelle. François devait déjà à l'ordre de Saint-Benoît sa demeure bien-aimée de Sainte-Marie-des-Anges; il espéra trouver grâce encore une fois auprès de cet ordre illustre, et il s'adressa à l'abbé du monastère espagnol. « Mais que me donnerez-vous en retour? » lui dit l'abbé.

« Je n'ai, répondit François, ni argent ni bien d'aucune sorte; ma pauvreté est extrême; cependant je vous donnerai volontiers chaque année, en reconnaissance de ce bienfait, une corbeille de poissons pêchés dans la rivière voisine, *si toutefois nous pouvons arriver à en prendre.* »

L'abbé, admirant cette douce et simple vertu, accepta de grand cœur la proposition. Le serviteur de Dieu s'en revint de là trouver Cotolaï. « Mon cher hôte, lui dit-il, il faut vous mettre à l'œuvre; vous avez à bâtir une maison de mon ordre dans *la vallée de Dieu et de l'enfer;* telle est la volonté du Ciel. — Mais, mon père, comment faire? Je suis un ouvrier vivant de mes mains. Ignorez-vous combien je suis pauvre? — Ne vous laissez pas effrayer, mon fils; prenez votre pioche, et allez vers la fontaine la plus voisine. En creusant un peu la terre, vous trouverez un riche trésor, et vous pourrez ainsi mettre à exécution l'ordre de Dieu. »

Cotolaï alla sans répliquer à la fontaine indiquée, découvrit le trésor et fit construire le couvent. Durant de longues années, les religieux payèrent régulièrement le tribut consenti par François. Les bénédictins leur en firent la remise dans la suite; cependant plusieurs gardiens, par respect pour le saint, voulurent demeurer fidèles à cette pieuse coutume, et les enfants de saint Benoît, de leur côté, recevaient avec joie cette humble offrande, à laquelle se rattachait le nom vénérable de François; ils y répondaient par de larges aumônes aux frères mineurs. Cotolaï et son épouse furent enterrés dans cette maison de *la vallée de Dieu et de l'enfer.*

Ces soins ne détournaient pas le saint des exercices religieux auxquels le conviait le tombeau de saint Jacques. Il s'y préparait au combat, après lequel il soupirait; déjà il entrevoyait, dans sa pieuse ardeur, le martyre comme prochain; mais telle n'était pas la volonté du Seigneur. Il lui députa un de ses anges, afin de lui enjoindre de se consacrer pour le moment à la propagation de son ordre et de revenir en Italie. Il employa donc l'année 1214 à parcourir les provinces catholiques de l'Espagne, et il établit par lui-même ou par ses frères des maisons à Oviedo, la Corogne, Madrid, Avila, Barcelone et autres lieux. Rentré en France par la ville de Perpignan, il traversa de nouveau ce pays toujours en proie aux troubles de la guerre, sans s'arrêter et sans faire aucune fondation. A Montpellier, il logea dans un hospice, et prédit que cette demeure serait un jour occupée par ses frères; ce qui eut lieu quinze ans plus tard, en 1230. Le passage du saint fut du reste une bénédiction pour ces contrées qu'il aimait, et où ses enfants produisirent dans la suite des fruits si abondants de salut; sa prière avait dignement préparé cette terre.

François avait consacré à son voyage une grande partie de l'année 1213, l'année 1214 tout entière, et il était revenu à Assise au commencement de 1215. Cette longue absence avait été pénible à ses enfants, mais extrêmement profitable à son ordre.

Il l'avait implanté solidement en Espagne, le pays aux idées généreuses, persévérantes et catholiques. Il y grandira désormais, il s'y multipliera, et dans la suite il s'élancera au delà des mers, toujours rempli de l'esprit apostolique de son fondateur, pour évangéliser l'Amérique et toutes les colonies espagnoles ; il établira la foi en des contrées innombrables ; il la maintiendra au prix de travaux inouïs ; l'Espagne et ses colonies seront sa demeure de prédilection ; il sera associé à toutes leurs gloires et à toutes leurs peines.

A Sainte-Marie, la joie fut grande quand on apprit le retour de François. Des hommes de tout rang attendaient son arrivée pour embrasser sa règle. Il les accueillit avec affabilité, les examina soigneusement, et leur fit connaître sans détour sa pensée. Ses disciples les plus saints lui furent souvent donnés par la classe indigente et laborieuse des campagnes. Un jour, il était à balayer une pauvre église de village dont la malpropreté l'avait profondément ému. Le bruit de sa présence se répandit bientôt aux environs, et il y vit arriver plusieurs habitants de la contrée, désireux de le voir. Parmi eux était un jeune paysan tout à l'heure occupé au labour d'un champ voisin. Touché de l'humble zèle du saint, il s'approche, le prie de lui laisser le soin d'un pareil travail ; puis, après avoir fait disparaître de la maison sacrée jusqu'à la moindre trace de la poussière, il vint s'entretenir avec lui. « Mon frère, depuis que j'ai entendu parler de vous et de vos compagnons, j'ai désiré suivre

5

votre genre de vie; seulement je ne savais jamais comment vous aborder. Puisqu'il m'est accordé en ce jour de vous voir, je m'offre à vous pour faire ce qu'il vous plaira. »

François, heureux du bon vouloir et de l'humble simplicité du jeune paysan, l'avertit des obligations rigoureuses de cette vie nouvelle. Jean, ainsi s'appelait le néophyte, reprit : « Je sers mon père depuis bien des années; j'ai aidé toute ma famille de mon travail; il m'est bien permis, je crois, en retour de tant de peines, de prendre un de mes bœufs pour moi, de le considérer comme ma part dans l'héritage paternel et de le donner aux pauvres en aumône. » Puis, sans attendre une réponse, il s'en va, dételle ses bœufs et en reconduit un à la maison, où il explique tout à ses parents.

Ces pauvres gens, hors d'eux-mêmes d'une telle résolution, accourent, fondant en larmes et poussant des cris de douleur, à l'église où se trouvait encore François; ils le conjurent de ne pas leur enlever la consolation et le soutien de leur vie. Le saint les reçoit avec bonté, leur adresse de douces paroles et leur dit de retourner à leur demeure, car son intention est de manger avec eux aujourd'hui et d'adoucir leur peine. Ils lui obéissent avec empressement, confus d'un honneur aussi inattendu et pleins de l'espoir d'avoir réussi dans leur démarche. Après le repas, François, se tournant vers le père, lui dit : « Mon cher hôte, votre fils, cédant à l'impulsion de la grâce, veut servir Dieu sans réserve. Pareille résolution, au lieu de vous déplaire, devrait vous agréer souverainement; il y a là un grand motif de se réjouir et nullement de s'attrister; vous devez même rendre au Seigneur les plus vives actions de grâces de ce qu'il daigne admettre au nombre de ses serviteurs un membre de votre race. Il y a plus : dans cette résolution de votre fils, vous gagnez vous-même considérablement; pour un enfant que vous perdez, vous en retrouvez plusieurs; vous vous faites autant de frères de tous les membres de notre ordre. Enfin ce fils est la créature de Dieu; s'il veut se l'attacher de tout en tout, qui osera résister à sa volonté et lui dire : « Pourquoi agissez-vous ainsi? » Il est juste, il est tout-puissant, il réclame son bien; que sa volonté s'accomplisse donc, et que sa miséricorde s'étende sur cet enfant. Je ne puis, je ne dois le repousser de la maison de Dieu, quand son âme soupire jusqu'à la défaillance après les parvis du Seigneur, d'où il n'est permis d'éloigner personne; ce que je puis faire pour vous, je le fais volontiers. Votre fils voulait donner aux pauvres un de ses bœufs, et c'était chose convenable; il laissait ainsi au monde ce qui est de ce monde, afin de se remettre, dépouillé de tout, entre les bras de Jésus-Christ. Eh bien, ce bœuf, je lui permets de vous le laisser à vous-même. »

Consolés par ce langage si chrétien et si candide, ces bons paysans permirent à leur fils de s'attacher au serviteur de Dieu. Jean parvint en quelques années à une perfection éminente; François lui-même ne le considérait plus comme un frère, mais comme

un saint ami de Dieu. Le Seigneur l'appela bien
jeune encore aux félicités éternelles.

Vers le même temps, les religieux envoyés au
mont Alverne revinrent rendre compte à leur bien-
aimé père de cet établissement. Ils lui dirent combien ils avaient à se louer du seigneur Orlando,
combien la montagne donnée par lui était séparée
du monde, étrangère au tumulte de la terre et
propre à la contemplation divine. François conçut
alors le désir de connaître ce lieu. Prenant donc
avec lui Léon, Massé et Ange, trois de ses plus
fidèles compagnons, il se mit en route. Mais les
forces lui manquèrent durant le voyage, et l'on dut
avoir recours à l'obligeance d'un homme de la campagne pour lui procurer un âne. « Êtes-vous, leur
dit le paysan, de ces frères de François d'Assise
dont on raconte tant de bien? — Oui, répondirent-
ils, et c'est pour François lui-même que nous vous
demandons votre âne. » Transporté de joie, il fit
entrer les religieux dans sa demeure, leur servit à
manger, et, ayant disposé son âne, il conduisit lui-
même le saint après avoir entendu de sa bouche
des paroles prophétiques en faveur de sa maison.

Sur le midi, ils arrivèrent à Chiusi, où le comte
Orlando les reçut avec allégresse, mais sans pouvoir les amener à passer le reste de la journée dans
son château. Après le dîner, ils se remirent en route
avec le comte, et François ouvrait la marche avec
son guide. Celui-ci, s'accommodant peu du silence
général de la pieuse troupe, s'adressa au saint et
lui dit: « Frère François, j'entends dire beaucoup

de bien de vous; si je ne me trompe, vous êtes grandement redevable à Dieu. — Oui, mon ami, la miséricorde de Dieu est vraiment grande envers moi; car il a regardé la bassesse et le néant de son serviteur. — Eh bien! puisqu'il en est ainsi, appliquez-vous, je vous prie, à être tel qu'on vous juge, parce que beaucoup mettent en vous leur confiance; ne soyez point autre qu'on n'espère vous trouver, afin de ne pas tromper la bonne opinion qu'on a de vous. »

. A ces avis d'une âme simple, François, hors de lui-même, descendit, se jeta à terre, baisa les pieds du paysan et le remercia avec effusion d'avoir bien voulu lui donner des conseils si sages et si profitables. Quelques heures après, il renouvelait en faveur de son guide épuisé le prodige de Moïse tirant l'eau du rocher. « Je me meurs de soif! avait dit le paysan. — Allez, lui répondit François, touché de compassion, vous trouverez derrière cette grosse pierre une eau limpide que Jésus-Christ vient d'y faire jaillir. » Jamais on n'avait vu de l'eau en cet endroit. Le villageois se désaltère, et la source tarit de nouveau.

Le reste de la journée fut pénible; cependant on arriva au sommet de la montagne, où les frères avaient élevé une pauvre et chétive demeure. Le comte rentra chez lui le soir, pour revenir le lendemain avec des provisions abondantes.

Après le dîner, François lui témoigna sa reconnaissance et le pria de vouloir bien lui faire construire, sous un hêtre éloigné d'un jet de pierre de la demeure des autres religieux, une petite cellule où il pourrait se retirer seul afin de vaquer à la prière. Orlando acquiesça volontiers à sa demande; et, prenant à part les religieux, il leur dit : « Je vous cédais, il y a deux ans, cette montagne pour être votre demeure et votre possession. L'acceptation de votre fondateur manquait seule; aujourd'hui vous l'avez; regardez donc désormais ce lieu comme à vous; cependant veuillez me considérer, moi et les miens, comme vos protecteurs et vos pourvoyeurs dans tous vos besoins. Vous ne sauriez faire rien de plus agréable que de recourir à votre serviteur, ou, si vous l'aimez mieux, à votre frère, toutes les fois que vous le trouverez bon ou que l'occasion s'en présentera. »

Ce noble et humble langage d'un cœur généreux toucha profondément les frères; ils exprimèrent, comme ils purent au comte les sentiments de gratitude dont ils se sentaient pénétrés; puis, après son départ, François loua sa bonté, exalta sa générosité; mais en même temps il exhorta ses frères à se confier surtout en la providence du Père céleste, à veiller pour ne point laisser s'affaiblir en eux l'esprit de pauvreté; sans cet esprit, que seraient-ils devant Dieu? que seraient-ils même aux yeux du monde?

Le saint, après avoir tracé le plan de sa cellule et d'une église, profita de ce premier séjour pour visiter la montagne et en prendre une connaissance parfaite. A la vue de ces pierres brisées, de ces roches entr'ouvertes et béantes, de ces blocs sus-

pendus et menaçants, dont l'aspect seul saisissait
l'âme d'un involontaire effroi, il pria Dieu de lui
révéler si ce désordre était naturel, ou s'il prove-
venait de quelque cause extraordinaire. Un ange lui
apparut. « Cette montagne, lui dit-il, a été boule-
versée ainsi au jour de la passion de Jésus-Christ ;
à elle aussi se rapporte le tremblement décrit par
l'évangéliste dans ces paroles : *Les pierres se fen-
dirent.* » (MATTH., XXVII.) Dès lors le saint ne put
considérer ces violentes ruptures de l'Alverne sans
ressentir en son âme comme un déchirement des
souffrances du Sauveur, sans gémir sur celui dont
les rochers eux-mêmes avaient pleuré les tour-
ments.

Au milieu de ces masses abruptes s'en élevait
une plus sauvage encore et séparée des autres par
un précipice. Là, comme dans une île inaccessible,
un brigand fameux avait établi sa demeure. En-
touré d'hommes dignes de lui, il pillait les routes
et les contrées voisines, arrêtait les voyageurs, les
mettait à mort, ou les relâchait seulement au prix
d'une forte rançon. L'arrivée des religieux lui causa
un sensible déplaisir. Plus d'une fois il les invita à
s'éloigner d'un lieu dont il se regardait comme le
propriétaire légitime ; il les menaça même de sa
vengeance. Un jour enfin il résolut de les chasser
de force et pénétra jusqu'à François. Mais à ses
emportements, à ses blasphèmes, à ses paroles de
mort, celui-ci opposa une douceur déconcertante.
Étonné d'un si généreux mépris de ses menaces,
d'une vertu si supérieure au courage humain, le

brigand voulut passer quelques jours avec le serviteur de Dieu. Le spectacle de sa vie sublime, de
son entier détachement des choses terrestres, de sa
paix inaltérable, acheva de convertir cet homme
souillé de tant de crimes. On l'avait appelé le loup
de ces montagnes; François lui donna le nom d'a-
gneau. On montre encore aujourd'hui le lieu où,
dans les rigueurs de la pénitence, il expia ses longs
brigandages; on nomme ce lieu *la prison du frère
Loup*.

CHAPITRE VII

Le quatrième concile de Latran. — François et Dominique.
— Le premier chapitre général. — Partage de l'Europe.
— Choix de Paris. — Un vin délicieux. — Une triple
amitié. — Le cardinal Ugolini. — Un discours étudié. —
Second chapitre général. — « C'est le camp de Dieu. » —
Deux tendances contraires. — Prudence et sagesse. —
Comme après le cénacle.

Après cette éclatante conversion, François reprit
ses courses apostoliques; puis, vers le mois de novembre, il se rendit à Rome, où allait se tenir un
concile général dans l'église de Latran. Son ordre
avait rencontré en plusieurs endroits des détracteurs et des ennemis; il voulut donc profiter de
cette réunion des évêques du monde chrétien pour
obtenir une approbation nouvelle et plus solennelle de sa règle et mettre ainsi ses enfants plus à
même de s'étendre au loin sans obstacles. Le pape
Innocent III, toujours plein de bienveillance pour
l'ordre des Frères mineurs, l'approuva de nouveau
et le fit approuver par le concile; il donna connais-

5*

sance de sa règle à tous les Pères, et ainsi, de ce jour les nouveaux religieux, renfermés encore dans les limites de l'Espagne et de l'Italie, ne furent plus étrangers nulle part.

Saint Dominique était venu solliciter une semblable approbation en faveur de son ordre naissant. Plusieurs écrivains placent à cette époque la première entrevue des deux illustres serviteurs de Dieu ; d'autres la reportent à l'année suivante. Quoi qu'il en soit, voici, d'après un écrivain célèbre, le récit de cette entrevue, dont les résultats furent si avantageux à l'Église :

« Ces deux hommes, dont les destinées offraient au ciel et à la terre de si admirables harmonies, ne se connaissaient pas. Tous deux habitaient Rome au temps du quatrième concile de Latran, et il ne paraît pas que jamais le nom de l'un eût frappé l'oreille de l'autre. Une nuit, Dominique, étant en prière, selon sa coutume, vit Jésus irrité contre le monde, et sa mère qui lui présentait deux hommes pour l'apaiser. Il se reconnut pour l'un d'eux, mais il ne savait qui était l'autre, et, le regardant attentivement, l'image lui en demeura présente. Le lendemain, dans une église, on ignore laquelle, il aperçut, sous un froc de mendiant, la figure qui lui avait été montrée la nuit précédente, et courant à ce pauvre, il le serra dans ses bras avec une sainte effusion, entrecoupée de ces paroles : « Vous êtes mon compagnon, vous marcherez avec moi ; tenons-nous ensemble, et nul ne pourra prévaloir contre nous. » Il lui raconta ensuite la vision, et leur cœur se fondit l'un dans l'autre dans ces embrassements et ces discours [1]. »

François et Dominique se rencontrèrent plus d'une fois dans la suite, soit à Rome, soit en d'autres contrées de l'Italie. La gloire de Dieu, le bien de l'Église, le salut des âmes, tel était le sujet ordinaire de leurs entretiens. Un jour Dominique, entraîné par le charme irrésistible des douces vertus de François, lui proposa de réunir son ordre au sien et de n'en faire qu'un même corps militant sous l'étendard de la charité : « Mon frère bien-aimé, répondit le saint, ce qui a été fait est l'œuvre de la volonté divine; par elle il a été arrêté que nous établirions des ordres différents afin que, par la variété de leurs préceptes, il nous fût plus facile de subvenir aux divers besoins de la faiblesse humaine. Ceux à qui un ordre déplaira pourront aimer l'autre; ceux à qui l'un semblera trop sévère se porteront vers l'autre, dont la douceur leur paraît plus grande; ainsi Dieu ne verra pas les âmes lui échapper parce que la demeure est trop étroite; il les gagnera, au contraire, en leur offrant une seconde retraite. » Dominique n'insista pas, et les deux ordres ont persévéré selon leur destination première, unis entre eux comme l'étaient leurs glorieux fondateurs, toujours prêts à s'entr'aider sur tous les champs de la sainte Église.

A son retour de Rome, François convoqua ses frères en chapitre général pour la Pentecôte de 1216. Il saisit cette occasion pour établir de nouvelles ré-

[1] Lacordaire, *Vie de saint Dominique.*

sidences, et envoya en Espagne huit religieux avec Bernard de Quintavalle pour guide, trente dans le midi de la France, soixante en Germanie, puis il se réserva pour lui-même Paris et la Gaule-Belgique.

Tous acceptèrent leur mission avec allégresse, et se préparèrent à partir. Instruits à l'école d'un maître humble et d'une confiance sans bornes en la bonté divine, les distances ne les effrayaient pas, les fatigues et les privations ne leur causaient aucune sollicitude, et la vue des dangers n'allait point jusqu'à troubler leur âme. Prosternés devant leur père, ils reçurent sa bénédiction et se mirent en route. En Espagne, ils eurent à souffrir là où leur ordre n'était pas connu; les hérésies du midi de la France rendaient suspecte aux populations toute institution nouvelle. En plus d'un endroit pourtant ils furent accueillis avec faveur.

En France, ils endurèrent la faim, la soif, le froid, toutes les fatigues d'un long voyage; ils durent vaincre les cœurs à force de vertus; mais enfin leur tendre piété, leur ardente charité, leur zèle l'emportèrent et leur conquirent l'estime. En Allemagne, leurs tentatives furent vaines. Étrangers à la langue, ils furent suspectés d'hérésie, et ayant prêté à ce soupçon par une réponse dont l'inintelligence de l'allemand ne leur fit pas comprendre l'équivoque, ils furent maltraités, mis en prison, insultés publiquement sans pouvoir se rendre compte d'une pareille conduite de populations catholiques. Ils revinrent donc sur leurs pas avec les plus fâcheuses préventions contre des contrées où, faute de s'entendre, ils avaient failli trouver la mort.

Cependant François tournait ses regards vers Paris. Son indicible amour pour l'Eucharistie l'attirait vers cette grande ville, où, d'après la renommée, l'adorable sacrement était l'objet d'une vénération toute spéciale. Il se dirigea d'abord vers Rome, afin de puiser au tombeau des saints Apôtres les forces nécessaires pour une aussi pénible entreprise, et sema partout des miracles sur son passage. A Trabe-Bonata, des ouvriers travaillaient à un couvent de frères mineurs. Accablés de fatigue, ils demandent au saint un peu de vin pour les ranimer. François ne pouvait donner ce qu'il n'avait pas, mais tout près de lui une eau fraîche coulait de sa source. Le saint la bénit, et, au lieu d'eau, c'est un vin délicieux qui coule en abondance.

François était à Rome quand mourut à Pérouse son insigne bienfaiteur, le grand et illustre pape Innocent III. L'ordre des Frères mineurs perdait un soutien puissant, François un ami, un père, un guide et un conseiller généreux. Dieu lui donna et à ses enfants un nouvel appui dans le pape Honorius III, élu au souverain pontificat le surlendemain de la mort d'Innocent.

Il trouva à Rome saint Dominique, appelé en cette ville par les besoins de son ordre, et leurs rapports devinrent de plus en plus intimes. Il fit aussi connaissance en ce voyage et se lia avec un saint et un martyr, le bienheureux Ange, de l'ordre des Carmes, prédicateur illustre, divinement converti des ténèbres du judaïsme à la splendeur de la foi, et plus tard victime de son zèle pour la conversion des pécheurs. Mais ces diverses rencontres ne lui faisaient point oublier la mission de Paris; il se remit en route et arriva bientôt à Florence. Là il fit part de son projet au cardinal Ugolini, plus tard son protecteur dévoué. « Votre ordre ne fait que de naître, lui dit le cardinal, vous savez les oppositions qu'il a éprouvées à Rome; vous y avez encore des ennemis cachés. Votre présence est nécessaire ici pour maintenir votre ouvrage. — J'ai envoyé mes frères en des pays éloignés, reprit le saint, je dois avoir ma part dans leurs travaux; autrement ces pauvres religieux, exposés à la faim et à la soif chez les étrangers, seraient en droit de murmurer. Si, au contraire, ils me voient travailler comme eux, ils supporteront plus volontiers leurs fatigues, et je pourrai plus aisément engager les autres à de pareilles missions. — Mais pourquoi, mon frère, avez-vous exposé vos disciples à de si longs voyages et à tant de maux? Cela est bien dur. — Seigneur, vous pensez que Dieu n'a envoyé les frères mineurs que pour nos provinces. Je vous le dis en vérité, il les a envoyés pour le bien et le salut de tous les hommes. Ils iront chez les infidèles et les païens; ils y seront bien reçus et gagneront à Dieu un grand nombre d'âmes. »

Cependant il céda aux sages conseils d'Ugolini, et choisit pour le remplacer frère Pacifique, ce poète surnommé dans le siècle *le roi des vers*, et aujourd'hui fervent religieux; puis il revint à Assise s'occuper du gouvernement de son ordre. Une vision mystérieuse lui persuada de demander le cardinal pour protecteur de son ordre à Rome. « La mère de toutes les églises, dit-il à ses religieux, est l'Église romaine. J'irai, et je lui recommanderai mes frères... Sous sa protection, aucune rencontre mauvaise n'aura lieu pour notre ordre... La sainte Église sera jalouse de sauvegarder la gloire de notre pauvreté; elle ne laissera pas l'éclat de notre humilité s'obscurcir par le nuage de l'orgueil. Elle conservera intacts au milieu de nous les liens de la charité et de la paix en frappant de ses censures les plus rigoureuses les dissidents. Sous ses yeux fleurira parmi nous sans interruption la pratique sacrée de la pureté évangélique. »

Il vint donc à Rome, où le cardinal Ugolini l'obligea, malgré ses refus, à prêcher devant la cour pontificale. Interdit à la vue d'un auditoire si imposant, il oublia le discours qu'il avait préparé avec le plus grand soin; mais, s'humiliant aussitôt devant Dieu et devant les hommes, il invoqua l'assistance de l'Esprit-Saint, et bientôt les paroles coulèrent avec abondance de ses lèvres; il fut touchant et pathétique; il remua les cœurs et y fit descendre la douce componction.

Admis à l'audience du pape Honorius, il lui dit : « Très saint père et seigneur, moi, votre tout misérable et indigne serviteur, je compatis du fond de mon âme à vos soins continuels et à votre incessante sollicitude dans le gouvernement de l'Église; aussi m'approché-je toujours de vous avec crainte et confusion toutes les fois que j'ai à vous entretenir de vos pauvres serviteurs les frères mineurs. Je vous vois pressé de choses d'une importance bien autre que nos humbles affaires... Nous craignons et nous rougissons de frapper à la porte du souverain de l'Église. C'est pourquoi je supplie Votre Sainteté de nous donner le seigneur évêque d'Ostie pour tenir votre place, afin que nous puissions recourir à lui dans nos besoins, sans préjudicier pourtant jamais en rien à la prééminence de Votre Sainteté, de qui émane toute la force du corps mystique et découle toute puissance. »

Le pape accueillit avec bonté cette demande, et transmit tout son pouvoir sur les frères mineurs au cardinal Ugolini, en lui recommandant de leur accorder une protection efficace. Le cardinal, personnage illustre par son savoir, sa piété et son zèle pour l'Église, aimait le nouvel ordre d'une affection toute spéciale, il chérissait François comme un enfant ou plutôt comme un père; nul choix ne pouvait être plus avantageux pour la nouvelle famille. Ce protectorat devint dès ce jour une charge importante dans le sacré collège; les souverains pontifes l'accordaient comme une faveur insigne. Le pape Nicolas III disait à un cardinal, en lui confiant cet emploi : « Nous vous donnons en ce jour de quoi vous conduire au ciel; nous vous donnons les suffrages de tous les frères de cet ordre; nous vous donnons mieux que nous n'avons pour nous-même, ce que notre cœur ambitionne le plus, ce qui nous est cher comme la paupière de nos yeux. »

Mais en quoi consiste ce protectorat d'un prince
de l'Église? Saint François, dans sa règle, ordonne
de demander au pape « un cardinal comme gouverneur, protecteur et correcteur de l'ordre, afin
que, toujours soumis à l'Église, toujours abaissés
à ses pieds, les frères demeurent stables dans la
foi catholique, qu'ils observent la pauvreté, l'humilité, et aussi l'Évangile, selon qu'ils ont promis de
le faire fidèlement. » Ainsi cet homme, plein de
prévoyance, a eu pour but de protéger son ordre
non seulement contre les attaques du dehors, mais
encore contre les dangers non moins redoutables du
relâchement à l'intérieur. Le cardinal Ugolini comprenait parfaitement sa charge. Son ardente sollicitude s'étendait à tout; il dilatait, il affermissait,
il glorifiait cet ordre; il le défendait contre ses adversaires et lui conservait la paix au dedans. Plus
frère mineur que cardinal, il était au milieu de ses
protégés comme l'un d'eux; il se revêtait de leur
habit, s'unissait à leurs prières, et exerçait envers
eux les œuvres de la plus profonde humilité.

Soutenu par la protection de la sainte Église et
voyant sa famille s'accroître, le saint résolut d'en-
voyer ses frères annoncer la foi en d'autres contrées.
Il écrivit aux ministres des diverses maisons de se
rendre au chapitre général pour la fête de la Pentecôte de l'an 1219. Ses lettres amenèrent à Assise
une multitude considérable de religieux. On les
voyait sur toutes les routes s'avancer silencieuse-
ment, s'arrêter de temps à autre pour annoncer la
parole de Dieu, mais sans perdre de vue le terme de

leur pèlerinage. Le monde s'édifiait au spectacle de
ces pieuses caravanes dont les fatigues de la marche
ni les sollicitudes de la vie ne troublaient le recueillement. Chaque jour arrivait à Assise quelque
troupe nouvelle; la campagne semblait ne devoir
pas être assez spacieuse pour contenir ces religieux,
dont le nombre allait toujours croissant. Ils dres-
saient leur tente les uns à la suite des autres dans
la paix et l'humilité, et reposaient la nuit sur de
simples nattes étendues à terre; ce qui a fait nommer ce second chapitre général le *chapitre des nattes*.
Ils s'aidaient mutuellement; puis, une fois fixés, ils
se réunissaient par troupes de soixante et même
cent personnes, pour s'entretenir des choses du
salut, chanter les louanges de Dieu, se raconter
leurs saintes conquêtes et se faire part de leurs
espérances futures. Le cardinal Ugolini s'était rendu
à Assise pour présider le chapitre. Lorsqu'il parcourut cette campagne si soudainement transformée et
couverte de pauvres tentes à peine capables de ga-
rantir leurs habits des chaleurs brûlantes du soleil;
lorsqu'il vit l'ordre régner de toutes parts, les exercices de la vie religieuse s'accomplir comme au
sein du monastère le plus régulier, il s'écria hors
de lui-même : « En vérité, c'est là le camp de Dieu. »

Le cardinal réfléchit au profit que tirerait l'Église
si elle pouvait choisir des évêques dans les rangs de
ces parfaits religieux. Il fit part de sa pensée à François. Le saint aimait l'Église d'un amour héroïque;
il tenait à sa disposition sa vie et celle de ses enfants; il eût assumé sur eux seuls, s'il eût été pos-

sible, ses peines et ses humiliations, mais il redoutait ses honneurs. « Seigneur, répondit-il, mes frères sont assez élevés comme ils sont, s'ils veulent le comprendre : quoi de plus honorable que d'enseigner les autres du haut de la chaire, de défendre la foi de l'Église catholique et de combattre ses ennemis? Je désire donc voir mes enfants demeurer à leur place, et, autant qu'il dépendra de moi, je les y maintiendrai. Ils ont reçu le nom de mineurs afin qu'ils n'aspirent jamais à devenir grands; si vous voulez qu'ils produisent des fruits, conservez-les dans leur vocation, et ne les faites jamais monter aux dignités de l'Église. »

Ugolini n'insista pas, et François s'occupa des affaires du chapitre. Il visita une à une les tentes où *cinq mille* religieux étaient abrités; il s'informa de tous les besoins, donna de sages conseils tant en particulier qu'en public, et disposa tous les esprits à célébrer dans la paix et la quiétude cet important chapitre. La ville d'Assise se montra dès les premiers jours inépuisable dans ses dons; Pérouse, Spolète, Foligno et d'autres villes se disputèrent bientôt les charges de cette honorable hospitalité. De grands seigneurs, des prélats, des prêtres, des hommes du peuple s'en vinrent à l'envi apporter des vivres de Sainte-Marie-des-Anges; ils se firent eux-mêmes les serviteurs des pauvres de Jésus-Christ, afin de s'associer à leur pénitence. Ugolini se plaisait à introduire lui-même les plus illustres de ces étrangers sous la tente des religieux, et à les initier au secret de leur vie. Ces visites, ces aumônes reçurent bientôt leur récompense; vers la fin du chapitre, plus de cinq cents hommes vinrent s'offrir à François, le conjurant de les admettre aux épreuves de cette vie nouvelle.

Une réforme était devenue nécessaire parmi les religieux, réforme honorable, s'il en fut jamais; plusieurs s'étaient jetés dans des mortifications excessives; de là des infirmités précoces, des maladies, l'impossibilité de remplir les diverses obligations de la règle. François rappela ces religieux à une conduite plus discrète, plus conforme à la fin d'un ordre voué à la pénitence, il est vrai, mais destiné en même temps au ministère apostolique. D'autres, au contraire, loin de se laisser entraîner vers les limites extrêmes de la perfection et de les dépasser, voulaient introduire dans l'ordre des modifications raisonnables en apparence, mais empreintes d'une sagesse tout humaine. Ils prièrent le cardinal de proposer ces modifications à François, sans toutefois lui faire connaître les auteurs. Ugolini, croyant voir un avantage à tempérer la règle et surtout à donner aux pratiques de pénitence quelque chose de plus défini, en parla au saint.

François vit tout de suite d'où partait cette tentative; sans répondre, il prit le cardinal par la main, le conduisit au lieu où tous les frères étaient assemblés, et là, élevant la voix, il s'écria de toute l'ardeur de son âme : « Mes frères, mes frères, le Seigneur m'a appelé par la voie de la simplicité et de l'humilité; il m'a montré cette voie pleine de vertu pour moi et pour ceux qui veulent marcher sur mes traces...; je m'attache à la règle que la divine miséricorde m'a fait connaître et donnée. Le Seigneur m'a dit lui-même qu'il voulait que je fusse son fou en ce monde, et qu'il n'entendait conduire ni moi ni les miens à la céleste patrie par une autre voie que cette voie qui semble aux hommes une folie. Je crains bien que par la suite votre sagesse et votre science, à vous, ne se changent en ignorance et en confusion. »

Se tournant ensuite vers le cardinal : « Ces sages que Votre Seigneurie loue et me recommande, dit-il, prétendent vous tromper et tromper Dieu par leur habileté; ils ne trompent qu'eux-mêmes en essayant de détruire ce que Jésus-Christ a fait connaître par l'entremise de son indigne serviteur pour leur salut et l'accroissement de tout l'ordre. Je ne m'attribue rien de ce que j'avance ni de ce que je fais; je ne m'appuie aucunement sur moi-même dans le gouvernement des miens; mais je commence par conférer de tout dans une longue oraison avec le Père céleste, le premier gouverneur de cette communauté. Ces hommes, au contraire, préfèrent la sagesse et la prudence du siècle à la volonté de Jésus-Christ, volonté qu'il m'a manifestée jusqu'à ce jour par tant de prodiges pour conduire à bonne fin une œuvre commencée, malgré ma misère, pour le salut des âmes et l'édification de la sainte Église notre mère. »

François quitta alors l'assemblée, et le cardinal prit à son tour la parole. « Mes frères bien-aimés, s'écria-t-il, vous venez de voir et d'entendre ce que le Saint-Esprit a dit par la bouche de cet homme apostolique. Tenez-vous donc en repos et veillez sur vous-mêmes; ne contristez pas l'Esprit divin, et ne soyez pas ingrats envers le bienfait du ciel; car Dieu est vraiment en ce pauvre; il annonce par sa bouche les merveilles de sa puissance. Quiconque l'écoute n'écoute pas un homme, mais Dieu lui-même. Si donc vous voulez plaire à Dieu, acquiescez à ce pauvre et obéissez-lui pour ne point perdre le fruit de votre vocation. »

Les novateurs, honteux du résultat de leur entreprise, se soumirent humblement, demandèrent grâce, et renoncèrent à leurs frivoles idées.

Une des plus remarquables décisions qui furent prises dans ce chapitre fut la célébration, chaque samedi, dans tous les couvents de l'ordre, d'une messe en l'honneur de l'Immaculée Conception. Le saint patriarche recommandait ainsi à son ordre la croyance à Marie Immaculée, croyance qui sera toujours défendue par ses enfants, et qu'un de ses disciples, le pape Pie IX, définira comme dogme de notre foi.

Plusieurs frères d'au delà des monts se plaignirent d'avoir eu à souffrir dans leur ministère, parce qu'ils n'avaient pu produire une lettre authentique de Rome approuvant leur genre de vie. L'approbation d'Innocent III au concile de Latran n'était pas encore connue dans tous les diocèses de France et d'Espagne. Ensuite plusieurs évêques et prêtres refusaient de les admettre à prêcher dans leurs paroisses. Ils exprimaient donc le désir d'avoir un écrit du saint-siège déclarant l'ordre conforme aux vœux de l'Église, puis un privilège les autorisant à prêcher en tous lieux sans s'être présentés devant les évêques.

Le premier de ces vœux était raisonnable; François obtint, par l'entremise du cardinal, le rescrit désiré; mais il refusa le second. « Jésus-Christ, leur dit-il, veut que je triomphe en ce monde par l'abaissement et l'humilité. Sous prétexte du salut des autres, je ne dois point vouloir la liberté jusqu'à mettre de côté l'humilité. Cette vertu fera plus pour vous que le privilège. Mon privilège et celui de mes frères est de n'avoir aucun privilège sur la terre, mais d'obéir à tous et de nous regarder comme les derniers de tous. Vous avez été envoyés pour aider les clercs en travaillant au salut des âmes. Soyez donc soumis aux prélats, et, autant qu'il dépend de vous, éloignez toute discorde. Si vous êtes des enfants de paix, vous gagnerez le clergé et le peuple, et cela sera plus agréable à Dieu que si vous gagniez le peuple seulement en scandalisant le clergé. »

A ces conseils de paix, il en ajouta de non moins importants sur la pauvreté; il la recommanda à tous comme la pierre fondamentale de leur ordre, comme leur reine et leur souveraine; il les exhorta à la garder soigneusement dans leurs habits, leur nourriture, et surtout la construction des demeures nouvelles. Ensuite il tourna ses regards vers l'œuvre importante des missions. Après une longue prière, il choisit pour lui-même les pays d'Égypte et de Syrie; douze frères devaient l'accompagner. Il des-

tina le bienheureux Benoît d'Arezzo aux peuples de
la Grèce ; d'autres frères furent envoyés en Espagne,
à Tunis, au Maroc, en France, en Angleterre et en
Hongrie ; l'Allemagne n'eut point de part dans
cet envoi d'hommes apostoliques. L'insuccès de la
première tentative fit ajourner toute démarche et
attendre des renseignements plus précis sur ces
contrées.

Le chapitre de l'an 1219 tient, sans contredit,
le premier rang entre les principaux de l'ordre ; il
en a comme assis les bases, régularisé l'action,
affermi la pensée. François s'y est communiqué en
quelque sorte à tous ses frères ; il a mis au grand
jour ses sentiments intimes sur les choses les plus
importantes. Aussi, pénétrés de son esprit, pleins de
ses graves et salutaires enseignements, les religieux
quittèrent-ils Sainte-Marie-des-Anges comme les
apôtres le cénacle après la descente du Saint-Esprit,
résolus d'affronter tous les périls pour remplir la
mission confiée à leur zèle.

CHAPITRE VIII

François en Égypte. — Les croisés. — « Je suis chrétien,
menez-moi à votre maître. » — François et le sultan. —
Ce qui se passait à la Portioncule. — Fautes du frère Élie.
— Retour de François.

François demeura quelque temps encore à Sainte-
Marie après le chapitre général; puis, quand il eut
congédié, en les bénissant, ces pieux missionnaires,
il se disposa à partir à son tour. Il remit la direction
de tout l'ordre à Élie de Cortone, fidèle encore jusqu'à ce jour aux prescriptions de sa règle, en prenant avec lui douze religieux, au nombre desquels
nous trouvons l'excellent Pierre de Catane, il s'a-
chemina vers le port d'Ancône. D'autres religieux,
soit de cette ville, soit des pays circonvoisins, voulaient s'attacher à sa suite, afin de partager ses périls
et d'arriver avec lui à la couronne. Un miracle désigna ceux qu'il devait choisir; les autres se proster-
nèrent alors, reçurent une dernière bénédiction de
leur père bien-aimé et s'éloignèrent en appelant sur
lui la protection du Ciel.

6

L'Orient, depuis plus d'un siècle, était le champ
de bataille des chrétiens de l'Europe. Vainqueurs en
de nombreux et immortels combats, ils avaient con-
quis la Judée et la Syrie, puis lutté avec un courage
souvent heureux contre toutes les forces de l'isla-
misme, et malgré de lamentables échecs dont la
perte de Jérusalem avait été la suite, ils poursui-
vaient la guerre avec une persévérance héroïque.
Premiers et principaux promoteurs de ces entreprises, les papes avaient, par des appels aux chrétiens de tout rang et de toute condition, puissamment
contribué à leur succès et réparé leurs désastres sans
jamais se lasser. De là, chaque année, de fréquents
départs des divers ports d'Italie, pour l'Asie Mi-
neure, Saint-Jean-d'Acre et l'Égypte. François se
dirigeait vers cette dernière contrée. Il toucha à l'île
de Chypre, puis à Acre, d'où il envoya ses compagnons deux à deux là où il jugea leur présence le
plus utile, et, se rembarquant avec le seul frère
Illuminé, il arriva devant Damiette, alors assiégée
par les Latins.

Les deux armées étaient en présence, et l'on ne
pouvait passer d'un camp à l'autre sans péril d'être
massacré; le sultan avait promis une pièce d'or à
quiconque lui apporterait la tête d'un chrétien.
Après une longue prière, François s'avança avec
confiance vers la ville; il redisait ces paroles du prophète : *Quand je marcherais au milieu des ombres de
la mort, je ne craindrais aucun mal, parce que vous
êtes avec moi, Seigneur*. Son vertueux compagnon
partageait son calme et son courage.

Bientôt ils rencontrèrent deux brebis. A cette vue, le saint, rempli de joie, dit au frère : « Ayez confiance ; en nous s'accomplit cette parole : *Je vous envoie comme des brebis au milieu des loups.* » Un peu plus loin, ils trouvèrent les Sarrasins, qui leur firent subir des traitements cruels et les chargèrent de chaînes. François leur dit : « Je suis chrétien, conduisez-moi à votre maître. » C'était Mélic-Camel, plus connu des Occidentaux sous le nom de Méledin. Il leur demanda par qui ils avaient été envoyés, et quel était le but de leur voyage. « Je ne viens point de la part d'un homme, lui dit François, mais de la part du Dieu très haut, afin de vous montrer, à vous et à votre peuple, la voie du salut et de vous annoncer l'Évangile de vérité. » Ensuite il prêcha avec un tel courage, une telle force et une telle ardeur au sultan un Dieu en trois personnes et Jésus-Christ, sauveur de tous les hommes, qu'en lui s'accomplissait clairement cette promesse : *Je mettrai en votre bouche des paroles et une sagesse auxquels vos ennemis ne pourront résister et qu'ils ne sauraient contredire.* (Luc, XXI.)

Le sultan écoutait volontiers le serviteur de Dieu et le pressait de prolonger son séjour près de lui. François lui dit : « Si vous voulez vous convertir à Jésus-Christ, vous et votre peuple, je demeurerai de grand cœur avec vous. Si vous éprouvez quelque hésitation à abandonner la loi de Mahomet pour la loi du Sauveur, faites allumer un grand feu, je le traverserai avec vos prêtres, et vous serez à même de juger alors quelle est la croyance la plus cer-

taine et la plus sainte, celle qui mérite l'adhésion
de vos cœurs. — Je ne pense pas, reprit le sultan,
qu'aucun de mes prêtres consente jamais, pour la
défense de sa foi, à s'exposer au feu ou à subir
quelque autre genre de tourment. » En effet, il avait
vu un de ses prêtres, homme de zèle et déjà avancé
en âge, prendre la fuite en entendant les proposi-
tions de François. Alors le saint ajouta : « Si vous
voulez me promettre, pour vous et votre peuple,
d'embrasser la foi de Jésus-Christ dans le cas où je
sortirai sain et sauf du milieu des flammes, je les
traverserai seul. Si le feu me fait sentir ses ardeurs,
vous l'attribuerez à mes fautes, si la puissance du
Seigneur me protège, vous reconnaîtrez que le Christ
est la vertu et la sagesse de Dieu, qu'il est le Dieu
véritable et le Sauveur de tous les hommes. »

Le sultan lui déclara qu'il n'osait accepter une
telle proposition, dans la crainte d'exciter un sou-
lèvement, et il offrit au saint des présents considérables ; mais cet homme, uniquement avide de la
gloire de son Dieu, les refusa. Mélic-Camel revint
inutilement à la charge, et alors il lui accorda, à
lui et aux siens, de prêcher librement en Égypte.
Le saint ayant reconnu le peu de succès de ses prédications et n'espérant plus obtenir le martyre,
objet de ses vœux, s'en revint au camp des chrétiens, d'où il alla visiter la Palestine et Antioche,
faisant partout des conquêtes à l'Église et à son
ordre.

Ce voyage de François eut pour résultat d'ouvrir
l'Égypte à ses enfants. Mélic-Camel, gagné par la

douceur et l'humble franchise du fervent mission-
naire, commença à traiter les chrétiens avec moins
de violence. Lors de la trève avec les croisés, il laissa
les prisonniers libres de retourner en leur pays ou
de prendre du service sous ses drapeaux ; il leur
rendit même la vraie croix enlevée par Saladin à Jérusalem, et fit pourvoir avec zèle aux besoins des
plus pauvres d'entre eux. Dans ses entretiens parti-
culiers avec François, il le conjura de demander pour
lui au Seigneur la grâce de s'attacher à la religion
qui lui est agréable. Enfin, quelques années plus
tard, le saint apparaissait à deux de ses enfants
alors en Syrie, et leur ordonnait d'aller trouver le
sultan, alors dangereusement malade, et de lui donner le baptême. Instruit de nouveau par ce religieux,
Mélic-Camel abjura secrètement ses erreurs, fut
baptisé et alla recevoir la récompense de sa charité
pour les chrétiens.

Cependant des choses graves se passaient à Sainte-
Marie-des-Anges. Laissé en possession du pouvoir
souverain, Élie de Cortone en usait pour répandre
adroitement des doctrines perverses, ébranler les
sublimes enseignements de la règle et affaiblir,
même dans les cœurs, l'influence salutaire des
vertus de François : « Tous, disait-il, n'étaient pas
appelés à mettre en pratique des exemples plus admirables qu'imitables. La règle contenait certains
points d'un accès trop difficile, pour ne pas dire
impossible, aux forces humaines. Il devait donc,
de l'avis des sages, mettre de côté plusieurs choses,
en mitiger quelques autres, et réduire tout à un

degré mieux en rapport avec le temps présent. » Ces discours avaient déjà gagné et pouvaient s'étendre, d'autant plus qu'Élie, homme vraiment habile, établissait, au milieu de ces tendances téméraires, des règlements d'une incontestable utilité pour le gouvernement des provinces.

Mais de saints religieux, témoins de ces innovations, ne purent se résigner à voir anéantir ainsi l'œuvre de leur père ; ils lui députèrent un ancien compagnon de ses courses apostoliques, afin de hâter son retour. Ces nouvelles l'attristèrent sans l'abattre ; il eut, selon sa coutume, recours au maître céleste ; puis, jugeant sa présence utile à Assise, il s'embarqua et vint aborder à Venise, d'où il se rendit à Bologne.

CHAPITRE IX

L'impénitence finale. — Déposition d'Élie de Cortone. —
Pierre de Catane. — « Plutôt dépouiller l'autel de la
Vierge. » — L'obéissance après la mort. — Réélection de
frère Élie. — L'ordre de la Pénitence ou le tiers ordre. —
Histoire de la célèbre indulgence de la Portioncule.

Dans la ville de Bologne, les frères avaient pour
ministre Jean de Strachia, partisan des idées mondaines d'Élie. François fut brisé de douleur en
voyant quels somptueux édifices avaient été bâtis
sous sa direction : « Hé quoi, s'écria-t-il, c'est là
la demeure de ces pauvres évangélistes? Ces grands
et superbes palais sont aux frères mineurs? Non,
je ne considère pas cette maison pour la nôtre ; je
n'en regarde pas les habitants comme nos frères.
J'ordonne à ceux qui veulent encore porter le nom
de mineurs d'en sortir au plus tôt, et de laisser aux
riches du monde un pareil séjour. » Le cardinal
Ugolini, alors à Bologne, parvint avec peine à le
calmer. Les frères, par leur repentir, trouvèrent
grâce à ses yeux ; mais il adressa de graves reproches

à Jean de Strachia, le principal auteur de cette déro-
gation à la sainte pauvreté. Il le blâma surtout
d'avoir abusé de sa charge pour faire du couvent de
Bologne une sorte d'académie où l'étude des lettres
avait le pas sur la prière et les exercices de la vie
intérieure, et il remit les choses en l'état prescrit
par la règle. Mais, imbu de ses propres idées et inca-
pable d'une soumission sincère, Jean revint bientôt
à ses premières tentatives. Alors François, divinement instruit de l'obstination de cet homme, le
maudit solennellement, et, ses frères lui ayant demandé quelques années plus tard de revenir sur cette
terrible sentence, il répondit : « Comment puis-je le
bénir, quand le Seigneur lui-même l'a maudit ? » La
colère du Ciel s'était, en effet, allumée contre lui ;
sur son lit de mort, il ne rentra pas en lui-même,
il fut sans intelligence et n'implora pas la divine
miséricorde. On l'entendit s'écrier : « Je suis damné,
je suis maudit pour toujours ! »

Arrivé à Assise, le saint reconnut combien vraies
étaient les plaintes formulées contre Élie, et il dut,
comme à Bologne, user de sévérité. Ayant donc
réuni un chapitre général pour la fête de Saint-
Michel (1220), il retira à Élie ses fonctions de vicaire général pour les transmettre encore une fois
à Pierre de Catane, son second disciple ; il proposa
même de lui donner le titre de ministre de tout
l'ordre. Accablé de souffrances et d'infirmités, il ne
voulait plus pour lui-même du lourd fardeau de
l'administration. « Désormais, dit-il à ses frères, je
suis mort pour vous, je vous donne pour supérieur

frère Pierre de Catane; nous lui obéirons, vous et
moi, humblement à l'avenir. » Les religieux, at-
tristés, consentirent à reconnaître Pierre pour vicaire, et non pas comme ministre général tant que
leur père serait en ce monde. Le saint voulut bien
garder ce titre; mais, se regardant comme déchargé
de l'administration, il promit à Pierre obéissance et
respect comme à son supérieur; tandis que l'humble
Pierre, honteux d'une telle déférence, l'entourait de
sa vénération et lui prodiguait les témoignages d'un
amour tout filial.

Le nouveau vicaire gouverna l'ordre avec une
humble sagesse et une charité parfois trop inquiète.
Sainte-Marie-des-Anges avait ses jours d'épreuve et
de détresse; les aumônes n'y suffisaient pas toujours aux besoins des hôtes nombreux attirés par la
renommée de François. Pierre ne pouvait entrevoir
sans une vive compassion la gêne de ses frères; il
fit donc part au saint de ses pénibles sollicitudes, et
lui demanda s'il ne pourrait point réserver quelque
chose du bien des novices qui entraient dans l'ordre
afin d'y pouvoir recourir en temps opportun. « J'aime
mieux, lui dit François, dépouiller l'autel de la
Vierge, lorsque le besoin l'exigera, que de faire la
moindre chose contraire au vœu de pauvreté et à
l'obéissance évangélique. La Vierge bienheureuse
aura pour plus agréable de nous voir enlever les
ornements de son autel pour observer parfaitement
les conseils de l'Évangile, que de le voir orné au détriment des promesses faites à son fils. »

Pierre, déconcerté par cette réponse si sublime

6*

et si pieuse, n'osa plus remettre l'affaire en question ;
cependant sa tendresse l'emportait quelquefois au
delà des limites voulues par son bienheureux père,
et alors il recevait des remontrances qu'il acceptait
toujours avec docilité. Le saint était sa lumière et
son guide ; il le consultait dans toutes les affaires
importantes, et, en son absence, il lui écrivait pour
lui dire ses peines. Certains esprits frondeurs et peu
soumis levaient la tête de temps à autre ; leur langage, en rapport avec leurs actes, contristait vivement le bon vicaire général. François l'exhortait à
la patience, à la douceur, à la mansuétude ; il l'élevait dans ses lettres à la pratique de cette haute
perfection dont il était lui-même un si admirable
modèle. Mais Pierre ne jouit pas longtemps de ces
précieux conseils. Au mois de mars de l'année 1221,
la mort l'enleva à l'affection des siens et aux respects de toute la contrée. Des miracles sans nombre
attestèrent les mérites du serviteur de Dieu, la ville
d'Assise en fut émue, et ses habitants se pressèrent
en foule à Sainte-Marie. Bientôt la communauté des
frères eut à souffrir de cette affluence ; la solitude
n'était plus silencieuse comme autrefois, le recueillement diminuait de jour en jour, les présents
offerts par la reconnaissance des infirmes rendus à
la santé menaçaient de porter atteinte à la pauvreté
évangélique ; François dut intervenir. Sa voix, puissante sur ses disciples, même après leur mort, arrêta
les miracles de Pierre, et en quelques semaines le
silence régna à Sainte-Marie comme dans un désert
sans accès.

Le saint renvoya au chapitre général de la Pentecôte le choix d'un nouveau vicaire, et, en atten-
dant, il consulta sur ce choix le Ciel par de longues
et ferventes supplications. A la fin du chapitre, il
fit connaître la volonté divine, volonté impénétrable
aux pensées humaines, et devant laquelle tous doivent s'incliner et se taire ; Élie, naguère révoqué de
ses fonctions, était le successeur de Pierre de Catane. La présence de François, il faut le dire, avait
suffi pour le faire rentrer en lui-même ; il s'était
soumis humblement aux prescriptions de la règle.

Peu de temps après cette assemblée, le saint,
toujours avide du salut des âmes, établit l'ordre de
la Pénitence.

Disons un mot de cette sage institution et des
motifs qui la firent concevoir. Ne serait-il pas possible, puisque toutes les âmes ne peuvent quitter
le monde, puisque le cloître n'est pas accessible à
toutes les conditions, à tous les âges, à toutes les
santés, à tous les états, puisqu'il faut d'ailleurs que
la société existe et se perpétue, ne serait-il pas possible de porter la vie religieuse à ceux qui ne peuvent l'aller chercher, de fournir à tout chrétien désireux de sa perfection les facilités, les grâces et les
avantages spirituels qui abondent dans la vie céno-
bitique ; de transformer, en un mot, le monde lui-
même en un cloître immense ? Tel fut le problème
que se posa François d'Assise, et ce problème difficile il le résolut. Le saint fondateur trouva le
moyen de faire de toute chambre une cellule et de
toute maison une thébaïde, selon l'heureuse expres-

sion du père Lacordaire, et ce moyen fut l'ordre de
la Pénitence, qu'il établit en 1221. Comme il était
le troisième institué par saint François d'Assise, on
l'appela aussi troisième ordre, ou simplement *tiers
ordre*.

Cette admirable institution est donc une com-
munication de la vie religieuse à toutes les âmes
vivant dans le monde, une participation à cet esprit
séraphique qui, après avoir suscité pour le cloître
François et Claire, ira bientôt souffler dans tous les
rangs de la société et former le bienheureux Luchesio et la pieuse Bona Donna son épouse, le saint
roi Louis XI et la bonne duchesse sainte Élisabeth
de Hongrie, la tendre vierge de Viterbe sainte
Rose, et la Madeleine toscane sainte Marguerite de
Cortone. Le tiers ordre, en un mot, c'est le rayon-
nement de l'esprit franciscain, forme spéciale, mais
simple, sanctifiante et facile de l'esprit évangélique.

Dans le siècle même de son apparition, l'ordre
de la Pénitence franchit les limites de l'Italie et se
répandit en France, en Espagne, en Allemagne et
dans l'Europe entière. En Italie surtout, il devint
si nombreux, que Pierre des Vignes, chancelier de
l'impie Frédéric II, empereur d'Allemagne et sacri-
lège ennemi du saint-siège, écrivait à son maître :
« L'esprit répandu dans les populations italiennes
par les frères mineurs, à l'aide d'une nouvelle société, est plus redoutable à vos projets que les armées les plus nombreuses. On ne trouve plus personne qui ne fasse partie de cet institut. »

Les siècles ne firent que favoriser cet accroissement
universel. En 1686, le tiers ordre s'était propagé en
Amérique, où l'on comptait déjà *cent dix-huit mille*
tertiaires, tandis que la seule fraternité de Madrid
avait alors *vingt-cinq mille* membres.

De nos jours enfin un calcul approximatif, fait
en 1860, évaluait à *quatre cent mille* les membres
du troisième ordre de Saint-François, répandus
dans tout l'univers [1].

Rien n'est préférable au salut des âmes, disait souvent François; aussi volontiers il eût donné pour
elles mille vies, et, non content de se dépenser pour
leur salut, il ne cessait de gémir et de pleurer sur
les fautes des hommes; en proie à des souffrances
continuelles, il s'oubliait lui-même pour s'occuper
de leur conversion. Au mois d'octobre 1222, il était
à se lamenter sur leur aveuglement, lorsqu'un ange
vint l'inviter à se rendre à l'église, où l'attendait
Jésus-Christ avec Marie, la Vierge bienheureuse, et

---

[1] Nous renvoyons le lecteur qui voudrait connaître davantage le tiers ordre franciscain aux publications suivantes :

Le Tiers Ordre de Saint-François, par Mgr de Ségur;

*La Séraphique Règle du troisième ordre de Saint-
François,* par le T. R. P. Léon, provincial des franciscains.
Chez MM. Ardent, Limoges; et Brion, rue Saint-François,
41, Bordeaux (3ᵉ édit., 1873);

La Revue franciscaine, bulletin mensuel du tiers ordre
de Saint-François, publié par les franciscains de l'Observance. Prix de l'abonnement, 3 fr. par an. On s'abonne
chez M. Brion, gérant de *l'Œuvre franciscaine,* rue Saint-
François, 41, Bordeaux.

une multitude d'esprits célestes. Arrivé là, il voit, en effet, le Sauveur au milieu de ses anges et ayant sa mère à sa droite. Tremblant et hors de lui-même, il se prosterne la face contre terre et offre ses adorations : « François, lui dit le Rédempteur avec un accent de bonté ineffable, votre sollicitude pour les âmes est grande ; je vous permets donc de m'adresser quelque demande relative à leur commune utilité, à leur salut et à l'honneur de mon nom ; car je vous ai établi pour sauver les nations et réparer mon Église. »

La vue d'une majesté si auguste avait ravi le saint en extase ; revenu à lui, il répondit humblement : « O Père très saint, je vous supplie, moi pécheur, de daigner accorder au genre humain la grâce suivante : Que tous ceux qui, venant en ce lieu et entrant dans cette église, auront confessé à un prêtre tous leurs péchés, en obtiennent sans réserve le pardon et l'indulgence. Je supplie en même temps la bienheureuse Vierge votre mère, l'avocate du genre humain, de vouloir bien intercéder auprès de votre douce Majesté pour m'obtenir cette demande. »

Aussitôt la Reine des anges, condescendant aux prières de son serviteur François, se mit à supplier son divin fils en ces termes : « O Dieu très haut et tout-puissant, j'entremets mon intercession auprès de votre Divinité, et vous conjure humblement de vouloir bien vous montrer favorable aux prières de ce pauvre François. »

Le Seigneur reprit : « Frère François, ce que

vous me demandez est considérable ; cependant vous obtiendrez plus encore. Pour moi, j'admets votre demande ; mais allez trouver mon vicaire, à qui a été donné le pouvoir de lier et de délier sur la terre et au ciel ; vous lui demanderez de ma part cette indulgence. »

Les compagnons du saint, éveillés par ces discours, entendaient tout ; ils voyaient l'église illuminée et contemplaient la foule des anges ; mais, saisis d'effroi, ils n'osaient sortir de leur cellule et encore moins entrer dans le sanctuaire. Le matin, François leur enjoignit de ne raconter à personne les merveilles dont ils venaient d'être témoins. Puis, prenant avec lui frère Massé, il alla se présenter à Honorius III, alors à Pérouse. Admis à son audience, il lui dit : « Très saint père, j'ai restauré une église dédiée à la bienheurevse Vierge, la mère de Jésus-Christ ; je supplie Votre Sainteté de daigner établir en ce lieu une indulgence accessible à tous sans aucune offrande. — Mais, reprit le pontife, il ne peut convenablement en être ainsi ; celui qui désire obtenir une indulgence doit la mériter d'une manière quelconque, surtout par une aumône. Enfin, dites-moi de combien d'années doit être cette indulgence ? — Bienheureux père et seigneur, qu'il plaise à Votre Sainteté de nous donner des âmes plutôt que des années. — Qu'entendez-vous en me demaneant des âmes ? — Je voudrais qu'il plût à Votre Sainteté d'accorder à quiconque viendrait en cette église contrit, confessé et absous validement par un prêtre, d'être délivré de toute faute et de toute peine au

ciel et sur la terre, et cela depuis le jour de son baptême jusqu'au jour et à l'heure de son entrée dans
cette église. — François, ce que vous demandez est
considérable; ce n'est point l'usage de la cour romaine d'accorder une telle indulgence. — Seigneur,
ce que je demande, je ne le demande pas en mon
nom; mais de la part de celui qui m'a envoyé,
Jésus-Christ Notre-Seigneur. » A ce nom sacré, le
pape, élevant la voix, s'écria par trois fois devant
toute sa cour : « Il me plaît que vous ayez cette
grâce. » Mais les cardinaux lui dirent : « Si vous
accordez une telle faveur, vous détruisez l'indulgence d'outre-mer. Ensuite on ne fera plus autant
de cas de celle établie au tombeau des saints apôtres
Pierre et Paul. — Nous avons donné, nous avons
accordé, reprit le pape, il ne convient pas d'annuler
ce qui a été fait; modifions seulement l'indulgence
en la fixant à la durée d'un jour entier. » Alors,
ayant rappelé François, il ajouta : « Nous accor-
dons que quiconque, s'étant confessé et étant contrit, viendra et entrera dans l'église dont vous me
parlez, celui-là soit délivré de toute faute et de toute
peine. Mais cette grâce, concédée à perpétuité, n'aura
de valeur, telle est notre volonté, que pour un jour
seulement chaque année, depuis les premières vêpres,
la nuit comprise, jusqu'aux vêpres du lendemain. »
François, s'étant incliné humblement, s'en retour-
nait sans faire aucune observation. « Mais où allez-
vous, ô homme vraiment simple? lui dit le pape; quel
titre emportez-vous de votre indulgence? — Saint-
Père, répondit François, votre parole me suffit; si

c'est l'œuvre de Dieu, lui-même fera connaître son œuvre, je ne demande pas d'autre titre. D'ailleurs, que la bienheureuse Vierge soit elle-même mon titre, que le notaire soit Jésus-Christ, que les anges soient les témoins. »

Cependant le jour n'était pas fixé ; François attendait avec une humble confiance une manifestation nouvelle de la volonté divine. Au mois de janvier de l'année 1223 eut lieu cette manifestation.

Une nuit, le tentateur lui suggère de modérer ses veilles, et de ne point user son corps déjà si affaibli. François reconnaît le perfide conseiller ; il se lève, se dirige vers le bois, retire son habit, et, comme autrefois saint Benoît, il se roule à travers les ronces et les épines, qu'il teint de son sang. Mais tout à coup une éclatante lumière remplit le bois. Les ronces et les épines sont devenues de magnifiques rosiers, sans épines, chargés de belles roses blanches et rouges. Ces rosiers se voient encore aujourd'hui près de Sainte-Marie-des-Anges, donnent des fleurs en toute saison, et portent le nom de *Rosiers de saint François*.

Pendant que le saint admire cette merveille, plusieurs anges l'entourent, le revêtent d'un habit blanc et l'avertissent de se rendre à l'église, où l'attend le Seigneur. Inspiré de cueillir des roses miraculeuses, il en prend douze de chaque couleur et entre dans le sanctuaire.

Jésus-Christ lui apparut comme la première fois, et indiqua pour le temps de l'indulgence depuis les secondes vêpres de saint Pierre ès Liens, le 1er août,

jusqu'au coucher du soleil du jour suivant, c'est-à-
dire la durée d'un peu plus de vingt-quatre heures,
la nuit comprise, selon la parole d'Honorius. François
se rendit aussitôt à Rome, raconta au pape cette
apparition, lui montra quelques-unes des roses
qu'il avait apportées, et obtint des lettres pour les
évêques d'Assise, de Pérouse, de Todi, de Spolète,
de Foligno et autres évêques voisins d'Assise, afin
de les inviter à promulguer solennellement cette
faveur de la bonté divine.

Le 1er août de cette année 1223 fut donc pour
Sainte-Marie-des-Anges un jour de fête splendide.
Aux évêques s'étaient joints les personnages les
plus considérables des villes environnantes; des religieux étaient accourus de diverses résidences, et
tous bénirent le Dieu dont la tendresse est infinie,
dont la miséricorde s'étend de génération en génération sur ceux qui le craignent.

Cette indulgence, dite de *la Portioncule*, a été
attaquée dans la suite par les protestants; elle a
provoqué leurs grossières plaisanteries; mais que
n'ont-ils pas attaqué dans la sainte Église? De quoi
n'ont-ils pas ri? Non seulement les contemporains
de François se sont inclinés devant le privilège de
Sainte-Marie-des-Anges, mais des souverains pontifes, comme Alexandre IV, Martin IV, Boniface VIII,
Clément V, Jean XXII, Benoît XI, Sixte IV, Léon X,
Paul V, Urbain VIII, l'ont reconnu et fortifié de
leurs déclarations; des célébrités, comme saint An-
tonin, saint Bernardin de Sienne, l'illustre Bellar-
min et une foule d'autres, l'ont défendu; les peuples

se sont pieusement empressés d'accourir chaque
année au temple sacré de la Vierge ; ils ont pro-
testé, par leur ferveur, contre les injures d'hommes
aussi étrangers aux desseins miséricordieux du Ciel
qu'aux besoins du cœur humain.

CHAPITRE X

Seconde règle. — Quarante jours de prière. — Résistance d'Élie. — Fermeté de François. — Intervention divine. — Quel est l'économe des frères mineurs. — Approbation du pape Honorius. — Règle des clarisses. — Encore la chère retraite de l'Alverne.

François ne perdait aucune occasion d'affermir son ordre et de le prévenir contre le mauvais vouloir des hommes. De son côté, le pape Honorius témoignait une insigne bienveillance pour les frères; il les soutenait dans leurs missions lointaines comme dans la campagne d'Assise. Le saint, déjà averti des difficultés suscitées à ses enfants en plus d'un endroit touchant l'approbation de la règle, jugea prudent de profiter des bonnes dispositions du chef de l'Église pour en finir avec ces tracasseries, et il résolut de faire approuver de nouveau sa règle. Une vision mystérieuse le porta à l'abréger sans en changer le sens et à la réduire à un petit nombre de chapitres substantiels. Il se retira donc avec deux de ses frères sur une montagne près de Rieti, afin d'y

consulter le Seigneur dans le jeûne et la pénitence ;
puis, après quarante jours de prière, il dicta cette
seconde règle à ses compagnons, et la fit remettre à
Élie, son vicaire général.

Élie aimait François d'une tendresse toute filiale ;
il vénérait ses vertus et admirait hautement ses
austères mortifications ; mais il avait ses idées à lui
sur le gouvernement des hommes, idées peu con-
nues alors de sa communauté et cachées avec soin.
Cette règle lui sembla impossible à un ordre si nombreux, propre à décourager les faibles et à produire
des divisions ; il la mit de côté et feignit de l'avoir
perdue au milieu de ses autres papiers. François,
outré de douleur à cette nouvelle, s'en retourna à la
montagne et dicta une seconde fois la règle sans y
rien changer. Pendant ce temps-là, Élie réunissait
les religieux favorables à ses projets de réforme ; il
leur représentait la règle comme une source de nouvelles rigueurs, il les effrayait, et tous, d'un commun accord, le priaient de détourner le saint d'un
tel acte. Élie, déjà repris sévèrement par François, refusa de se charger du message ; il consen-
tait seulement à accompagner les frères et à se
faire leur interprète ; mais Dieu lui-même les avait
prévenus en révélant à son serviteur leur démarche.

François alla donc au-devant d'eux et leur demanda d'une voix indignée ce qu'ils voulaient. Élie,
intimidé, lui dit d'une voix humble, et les yeux
baissés : « Ces ministres ont appris qu'on leur faisait une règle au-dessus des forces humaines ; ils

m'ont amené ici afin de vous prier, en ma qualité
de vicaire général, d'adoucir votre institut; ils refusent de se soumettre à un genre de vie trop rigoureux. »

Le saint, frémissant en son âme et levant les
yeux au ciel, s'écria : « Seigneur, ne vous avais-je
pas dit qu'ils ne me croiraient pas? Pourquoi donc
m'avez-vous imposé un travail inutile? Mes pauvres
compagnons et moi nous garderons bien cette règle
jusqu'à notre mort; mais je ne saurais contraindre
malgré eux ces hommes qui me résistent si durement. »

Alors Jésus-Christ apparaissant au milieu d'une
nuée lumineuse, lui répondit : « Pauvre petit
homme, pourquoi te troubler comme si c'était là
ton œuvre? Es-tu le législateur? Es-tu l'auteur de
ce genre de vie? Tous ces préceptes de la règle
n'ont-ils pas été prescrits par moi? Es-tu autre
chose que le faible instrument, que la plume de celui qui écrit? Je sais ce que j'ai dicté, ce que j'ai
voulu prescrire; je connais les forces humaines et ce
dont elles sont capables, je connais ma puissance et
les grâces que je suis résolu à accorder. Je veux
donc que cette règle soit observée à la lettre, à la
lettre, à la lettre et sans glose. Ceux qui refusent de
se soumettre, chasse-les comme des brouillons et des
rebelles; je les remplacerai par d'autres, et s'il est
besoin, je susciterai, je ferai naître et sortir de ces
pierres de vrais disciples de cet institut. »

La vision disparut. Les frères, confus et effrayés,
attendaient, la face contre terre, l'issue d'un spec-

tacle aussi terrible. François s'approcha d'eux avec
bonté, les prit par la main successivement, et leur
dit : « Levez-vous, et ne craignez point. Vous devez
comprendre combien, dans cette démarche, vous
avez résisté à la volonté de Dieu ; vous avez considéré les pensées de l'homme et non la Providence
céleste. Comme des soldats du Christ, revêtez maintenant l'armure de Dieu, afin qu'au jour mauvais
vous puissiez résister aux embûches dont le démon
ne manquera pas d'embarrasser votre route. »

Il descendit avec eux à un couvent voisin et com-
muniqua la règle aux religieux. Ceux-ci crurent
devoir demander au moins quelque allégement à la
pauvreté ; les membres de la nouvelle famille se
multpliaient si rapidement, que bientôt peut-être
les aumônes ne suffiraient plus à leur subsistance ;
il était donc sage de posséder quelques biens tout
comme dans les autres ordres. François retourna
aussitôt à la montagne pour interroger son maître
et son législateur : « Je suis le partage et l'héritage
de tes enfants, lui dit le Seigneur ; je ne veux point
les voir s'immiscer dans les choses terrestres ; je me
constitue l'économe des hommes voués à cet institut ; je ne les laisserai manquer en rien de ce qui
est nécessaire à la vie, s'ils sont fidèles à cette règle.
Plus ils seront nombreux, plus ma Providence appa-
raîtra admirable. Qu'ils se reposent sur moi de toute
sollicitude ; je les nourrirai, et je n'abandonnerai pas
mes justes à une agitation perpétuelle. »

Tous se soumirent. On s'en revint à Assise, où la
règle fut communiquée aux religieux et approuvée

sans murmurer. Un exemplaire en fut envoyé aux
ministres des diverses provinces, qui l'acceptèrent.
Pour le fond, cette règle ressemble à la première; ce
sont les mêmes préceptes, les mêmes conseils évangéliques présentés sous une forme plus restreinte,
avec moins de citations des saints Livres. Si donc
Élie et ses complices réclamaient, c'est que l'occasion leur semblait favorable d'introduire quelques
adoucissements à ce qui existait depuis le commencement de l'ordre.

François, avec une vue profonde de l'avenir, mit
dans cette règle le ministre général sous la dépendance immédiate du chef de l'Église; il veut qu'il lui
promette obéissance, et il veut également que ses
frères soient « toujours soumis à l'Église romaine,
toujours abaissés à ses pieds »; c'est le moyen pour
eux « de demeurer stables dans la foi catholique ».

Cette filiale et humble dépendance de l'Église,
cet abaissement à ses pieds a été depuis six siècles
le salut de cet ordre. Il s'est divisé en plusieurs
branches, il a été soumis à des agitations intérieures, en butte à des persécutions, en contact avec
des hérésies, et il est demeuré fidèle; l'erreur ne l'a
pas atteint en son corps. Quelques-uns de ses membres ont pu se dessécher au souffle du mensonge;
il s'est trouvé assez fort pour les retrancher; l'É-
glise romaine l'a gardé « stable dans la foi catholique ».

François se rendit à Rome pour avoir l'approbation de cette nouvelle règle et l'affermir ainsi par
la bénédiction apostolique. Honorius fit quelques

observations relatives à la pauvreté; il engageait le saint à recevoir des biens et à accepter des legs; il lui faisait entrevoir de graves inconvénients s'il voulait vivre seulement d'aumônes. Il lui répondit : « J'ai la confiance, très saint Père, que le Seigneur Jésus, qui nous a promis et doit nous donner dans le ciel la vie éternelle et une gloire sans fin, ne voudra pas nous retirer sur cette terre le peu dont nous avons besoin pour nourrir et vêtir notre corps. »

Le pape n'insista pas en présence de ce doux abandon à la providence du Père céleste; il accorda sans retard l'approbation demandée. François, au comble de ses vœux, s'en alla prêcher la parole de Dieu dans l'Ombrie et les Romagnes. A la Pentecôte de l'an 1223, il tint un nouveau chapitre, où il envoya d'autres missionnaires en diverses contrées, surtout dans l'Allemagne, alors ouverte à ses enfants, et ensuite il continua ses courses apostoliques jusqu'à la fin de cette année.

Le 24 décembre, il célébrait avec une solennité extraordinaire la fête de Noël dans le bois de Grecio, et méritait de voir sa ferveur récompensée par l'apparition et les douces caresses de l'enfant de Bethléhem.

Rentré à Assise au commencement de 1224, il donna, de concert avec le cardinal Ugolini, une règle aux clarisses, comme nous le raconterons dans la vie de sainte Claire; puis il se remit en route, malgré ses infirmités, et parcourut les villes, les bourgades et les forêts désertes, prêchant, opérant

7

des miracles et se livrant aussi aux douceurs de la
vie contemplative. Au mois d'août, il se retira dans
sa chère retraite de l'Alverne pour se préparer à
célébrer dignement la fête de saint Michel, le chef
de la milice céleste et l'un des puissants protecteurs
de son ordre. Il faisait, en l'honneur de ce saint
archange, un de ces neuf carêmes annuels qui faisaient de sa vie un jeûne continuel. Cette année, il
voulut passer ce petit carême dans une complète
solitude.

CHAPITRE XI

Quatre révélations. — Fréquentes extases. — Terribles tentations. — Trois fois la Passion. — La fête de l'Exaltation de la sainte Croix. — Le séraphin à six ailes. — Impression des stigmates. — Embarras de François. — La fête des Stigmates.

Nous touchons au plus mémorable et au plus glorieux événement de la vie de François, et nous ne devons en omettre aucun détail. Nous empruntons donc à l'illustre Docteur séraphique, saint Bonaventure, ce que nous avons à en dire. Il a vécu avec les premiers disciples du saint; il a recueilli de leur bouche, avec une pieuse fidélité et une sage discrétion, chacune des particularités de ce prodige sans exemple. Mais disons auparavant comment Dieu préparait son serviteur à l'effusion de ses faveurs.

Dès son arrivée au sommet de l'Alverne, François s'était retiré dans sa cellule, n'ayant avec lui que frère Léon, le confident de ses pensées, le conseiller de toute sa vie, un des religieux les plus éminents

de son époque. Là il se livrait à une oraison continuelle, accompagnée de ravissements et de révélations merveilleuses. Le Sauveur lui fit connaître
surtout la protection accordée à son ordre, et le bienheureux en fit part à son fidèle disciple. « Jésus-
Christ, lui dit-il, m'a appris quatre choses relativement à notre ordre : la première, que cet ordre sub-
sistera jusqu'à la fin du monde; la seconde, que ceux
qui aimeraient du fond du cœur cet ordre et nos
frères obtiendraient pendant leur vie et à leur mort
l'esprit de componction et la miséricorde; la troisième, que les ennemis et les persécuteurs de cet
ordre, s'ils ne font pénitence, ne pourront jouir
longtemps de la vie; que les membres de cet ordre
dont la conduite est mauvaise, qui oublient leur
profession et languissent obstinément dans le péché
mortel, ne sauraient demeurer avec nous; ou ils se
confesseront de leurs fautes et s'en corrigeront, ou
ils se feront connaître et on les renverra. »

·Ces consolantes révélations, François les devait
à ses austérités incroyables, à ses prières non interrompues, à son éloignement complet de toutes les
choses du dehors. Il avait donné à Léon des ordres
rigoureux. Le bon frère devait déposer tous les jours,
sur le soir, un morceau de pain et de l'eau devant
la porte de sa cellule. Vers minuit, il revenait l'a-
vertir de réciter matines avec lui, et du dehors il
l'appelait en redisant à haute voix ces paroles :
Domine, labia mea aperies. Si le saint répondait :
Et os meum annuntiabit laudem tuam, Léon entrait.
Si, au contraire, il gardait le silence, celui-ci se reti-

rait et allait rejoindre les autres religieux à la chapelle du monastère, ce qui lui arrivait souvent :
tant les extases du bienheureux se multipliaient,
tant la bonté miséricordieuse de Dieu le rendait
insensible à toute vie extérieure !

Cependant des tentations extrêmes se joignaient
aux doux transports du céleste amour; l'ennemi
poursuivait sa lutte jusque dans ces régions célestes
où la voix seule des anges semblait devoir se faire
entendre. Comme aux jours de Job, l'esprit infernal
venait se mêler aux enfants de Dieu pour troubler
leurs pieux concerts; il se trouvait sur tous les sentiers du bienheureux pour insulter à sa ferveur et
déconcerter son courage; il lui apparaissait, comme
à Antoine, sous un aspect horrible; il engageait
avec lui le combat, et un combat à mort. Mais cet
homme vraiment spirituel n'ignorait aucune des
ruses de Satan, et son âme héroïque, inséparablement attachée à Jésus-Christ, le triomphateur suprême, sortait victorieuse de toutes ces attaques. La
tentation vaincue, il se replongeait dans la prière,
d'abord pour rendre ses actions de grâces à son Dieu,
puis pour s'unir à lui avec plus de tendresse, pour
lui témoigner plus d'amour.

Au milieu donc de ces luttes, « il lui fut révélé
qu'il eût à ouvrir le livre des Évangiles, et que
Jésus-Christ lui ferait connaître ce que Dieu aurait
par-dessus tout pour agréable en lui et ce qu'il en
attendait. Après avoir prié avec une vive dévotion, il
prit sur l'autel le livre sacré, et au nom de l'auguste
Trinité le fit ouvrir trois fois par son compagnon.

Comme à chaque fois on tombait sur la passion du Seigneur, il comprit qu'après avoir imité Jésus-Christ dans les travaux de la vie active, il devait, avant de sortir de ce monde, se rendre semblable à lui en embrassant les afflictions et les douleurs de sa passion. Malgré l'extrême austérité de sa vie passée, malgré son application continuelle à porter la croix et l'affaiblissement de tout son corps, sans se laisser effrayer, il s'anime d'un nouveau courage et désire plus ardemment le martyre. L'incendie d'amour dont il était dévoré par le doux Jésus avait pris un nouvel accroissement; il se répandait en flammes brûlantes et en étincelles embrasées; les eaux les plus impétueuses n'auraient pu éteindre une charité si puissante.

« Lors donc que, transporté ainsi par l'ardeur de désirs séraphiques, il s'élevait vers son Dieu, la tendresse de sa compassion le transformait en celui que l'ardeur de la charité attacha à la croix. Un matin, c'était vers la fête de l'Exaltation de la sainte Croix, pendant qu'il priait sur le versant de la montagne, il vit descendre des hauteurs célestes un séraphin ayant six ailes de feu toutes resplendissantes. Conduit bientôt par la rapidité de son vol vers l'homme de Dieu, l'esprit demeura proche de lui sans toucher la terre. Alors entre les ailes du séraphin apparut un homme crucifié; ses mains et ses pieds-étaient étendus et attachés à une croix. Deux de ses ailes s'élevaient au-dessus de sa tête, deux autres étaient étendues pour voler, et les deux dernières couvraient son corps. A cette vue, le saint demeura dans un étonnement indéfinissable, et son cœur éprouva un sentiment de joie mêlé de tristesse. Il se réjouissait d'un aussi admirable spectacle, où le Seigneur, sous la forme d'un séraphin, contemplait son serviteur, et son âme était transpercée d'un glaive de compassion douloureuse en le voyant ainsi attaché à la croix. Une vision si insondable le jetait dans une anxiété profonde; car il savait que l'infirmité de la passion n'était aucunement compatible avec l'immortalité d'un esprit séraphique. Enfin il comprit, par une illumination céleste, que la divine Providence l'avait fait jouir d'une telle faveur pour lui apprendre, à lui, l'ami de Jésus-Christ, qu'il devait se transformer, non par le martyre du corps, mais par un embrasement sans réserve de son âme en la ressemblance du Sauveur crucifié. La vision disparaissant le laissa tout rempli d'une ardeur indicible et imprima sur son corps des traces admirables; soudain commencèrent à paraître dans ses mains et dans ses pieds les marques de clous, telles qu'il les avait vues tout à l'heure dans l'homme crucifié offert à ses regards. Ses mains et ses pieds semblaient transpercés de ces clous; leurs têtes apparaissaient à l'intérieur des mains et sur les pieds, et l'on voyait sortir leurs pointes à la partie opposée. Ces têtes étaient noires et rondes, les pointes longues et comme recourbées avec effort; après avoir traversé la chair elles demeuraient tout à fait distinctes. Son côté droit portait aussi l'empreinte d'une cicatrice rouge comme s'il eût été transpercé d'un coup de lance, et souvent le sang s'échappait de cette plaie avec une abondance telle, que tous les vêtements du saint en étaient pénétrés.

« Le serviteur de Jésus-Christ, voyant imprimés d'une manière si parfaite en son corps les stigmates du Sauveur, comprit tout de suite combien il lui serait difficile de les cacher à ceux au milieu desquels il vivait, et d'un autre côté il craignait de révéler les secrets de son Seigneur. Il pensait donc avec une vive inquiétude et un tourment profond s'il ferait connaître ou s'il tairait ce qu'il avait vu. Ayant appelé quelques-uns de ses frères et leur parlant en termes généraux, il leur proposa son doute et leur demanda conseil. Un d'entre eux, éclairé de la grâce et comprenant par son langage qu'il avait été témoin de choses merveilleuses, lui dit : « Ce n'est pas seulement pour vous, mon frère, mais encore pour les autres, sachez-le bien, que les secrets du ciel vous ont été manifestés. Vous devez craindre avec raison, au jour du jugement, d'être accusé d'avoir enfoui le talent confié à vos soins, si vous cachez ce qui vous a été donné pour l'utilité de plusieurs. »

« Le saint, touché de ces paroles, rapporta alors avec beaucoup de crainte toute la suite de la vision, et il ajouta que celui qui lui avait apparu lui avait dit des choses qu'il ne confierait jamais à personne durant sa vie.

« Lors donc que le véritable amour de Dieu eut ainsi transformé en sa ressemblance celui qui en était pénétré, la solennité de l'Archange saint Mi-

chel étant passée, l'homme angélique, François,
descendit de la montagne, portant en lui l'image
de son Seigneur crucifié, image non gravée sur la
pierre ou sur le bois, par la main de l'ouvrier, mais
imprimée dans sa chair par le doigt du Dieu vivant.
Cependant, comme il est bon de cacher le secret du
roi, l'homme qui en avait été rendu participant s'ef-
forçait de dérober aux yeux de tous ces signes sacrés. Mais aussi, comme il appartient à Dieu de révéler pour sa gloire les merveilles de sa puissance,
après avoir imprimé en François les stigmates, il fit
par eux plusieurs miracles connus de tout le monde,
afin de montrer par l'éclat de ces prodiges combien
admirable est la force cachée dans ces traces de son
amour...

« Le saint tenait presque toujours depuis ce temps
ses mains enveloppées et ses pieds couverts de chaus-
sures; mais il ne put dérober à tous les yeux ces
signes augustes. Quelques frères, hommes vraiment
dignes de foi par leur sainteté éminente, les virent
avant sa mort, et, pour enlever tout doute à ce
sujet, ils affirmèrent avec serment s'être convaincus
de leur réalité en les touchant. Plusieurs cardinaux,
unis à François par les liens d'une étroite amitié, en
furent également témoins, et ils en confirmèrent la
vérité non seulement par leurs paroles, mais encore
par leurs écrits. Le souverain pontife Alexandre IV,
prêchant un jour au peuple, assura les avoir vus de
ses yeux. A la mort du saint, plus de cinquante
frères les virent encore, et avec eux Claire, la très
pieuse vierge du Seigneur, ses religieuses et une

7*

foule innombrable de personnes dont plusieurs les baisèrent avec respect et les touchèrent de leurs mains afin d'en rendre un témoignage plus assuré. »

Disons donc en terminant ce récit, avec le saint docteur dont nous avons reproduit les paroles : « Cette manifestation divine gravée dans la poussière de la chair de François, nul homme vraiment pieux ne la rejettera, nul fidèle véritable ne l'attaquera, nul cœur vraiment humble ne la méprisera. C'est là l'œuvre même du Ciel, elle mérite d'être acceptée sans réserve. » La sainte Église l'a acceptée ainsi elle-même; elle a établi une fête pour honorer les stigmates de saint François.

CHAPITRE XII

Deux années s'écoulèrent depuis cet éclatant prodige jusqu'à la mort du serviteur de Dieu, années de souffrances perpétuelles, de douleurs poignantes. Comme si ce n'était pas assez de ces angoisses, le Seigneur lui-même semble par l'abondance de ses dons conjurer avec la maladie pour hâter un dénouement trop prévu. L'âme du bienheureux nage dans un océan de célestes délices; elle brûle, elle se fond, elle se consume au contact du foyer divin comme la cire au milieu d'une fournaise embrasée; elle est transpercée des flèches de la charité divine; elle se sent défaillir, elle s'épuise. « Je succombe sous les coups de l'amour, s'écrie le saint; mon cœur se brise, tant il se sent frappé! O amour, je pense bien mourir de tes atteintes, tant sur moi tu exerces d'empire! O Jésus, entraîne-moi vers ta beauté. Avec toi mon âme s'est unie, tu es sa vie..., toi-même l'as fait fondre tout entière d'amour... Je veux mourir tout brûlant de Jésus; je veux mourir en étreignant son cœur contre mon cœur... »

Ces transports cependant ne lui font point oublier les hommes au milieu desquels il doit encore traîner ses quelques jours d'existence; sa voix presque éteinte retrouve des accents pour annoncer la parole sacrée; il se fait porter sur une humble monture et laisse tomber de sa bouche ces simples paroles qui suffisent pour toucher et convertir : « Jésus-Christ, mon amour, a été crucifié! » Puis, quand la maladie le condamne à l'immobilité, il a des conseils pour tous ceux qui l'abordent, des consolations pour toutes les peines de ses frères; il veille sur son ordre; il dicte des lettres admirables où il rappelle la sainteté de l'Eucharistie, la sublimité du sacerdoce catholique, le respect dû aux Écritures sacrées, la dévotion requise dans le chant des saints offices.

Dès le commencement de l'année 1226, Élie et les religieux de Sainte-Marie-des-Anges l'avaient déterminé à se rendre à Sienne, où un air plus fortifiant et des médecins plus habiles pourraient rétablir sa santé et lui rendre la vue, qu'il avait presque perdue à force de pleurer de componction et d'amour. Le changement ne répondit pas à l'attente des religieux; le mal s'accrut, et la mort sembla imminente.

Les frères étaient dans les larmes et les gémissements; l'un d'eux s'approcha et lui dit : « Bénissez-
nous, mon père, nous et tous les frères que vous
avez enfantés à Jésus-Christ, et laissez-nous quelque
mémorial de votre volonté. »

Alors le bienheureux père, abaissant ses regards
sur ses enfants, fit appeler Benoît de Piratro, dont
la charge était de lui dire la messe et de le servir
dans sa maladie : « Prêtre de Dieu, lui dit-il, écri-
vez la bénédiction que je donne à tous mes frères
actuellement dans mon ordre et à tous ceux qui y
seront jusqu'à la fin du monde. Mon infirmité
m'empêchant de parler, je fais connaître en peu de
mots ma volonté et mon intention à tous mes frères
présents et futurs comme la bénédiction et le testament dont ils devront garder le souvenir : « Que les
frères s'aiment les uns les autres comme je les ai
aimés et je les aime; qu'ils chérissent toujours notre
dame la pauvreté et ne s'écartent pas de ses lois;
qu'ils soient toujours fidèles et soumis aux prélats
et aux clercs de la sainte Église romaine; qu'ils
soient bénis et gardés du Père, du Fils, et du Saint-
Esprit. »

Cependant un peu de mieux se fit sentir, et le
vicaire général de l'ordre, instruit du grave état de
François, le fit transporter à Cortone, où il espérait
lui procurer un soulagement plus réel. Les parents
et les amis d'Élie, fiers de la possession d'un si
illustre malade, lui prodiguèrent les soins les plus
empressés, mais tout fut inutile; le danger reparut,
et le saint demanda à être reconduit à Assise. La

ville entière alla à sa rencontre, comme au-devant d'un triomphateur; l'évêque voulut le loger dans sa maison et le soigner lui-même. Les frères pouvaient le voir, l'entretenir, recevoir ses conseils, et ils en usaient sans la moindre appréhension. L'attente de sa [mort les jetait] dans une extrême inquiétude; ils se demandaient quel homme pourrait dignement remplacer cet ami de Dieu; ils s'en ouvraient à lui-même, et il leur [retraçait en termes admirables le portrait d'un vrai ministre général, sans se douter qu'il faisait l'histoire de sa propre vie au milieu de ses enfants.

Il n'oublia pas dans ces épreuves de la mort l'illustre Claire et ses pieuses compagnes; il leur envoya ses dernières instructions et leur promit qu'il leur serait donné de le voir encore; nous verrons bientôt comment s'accomplit cette promesse.

Sa patience était supérieure à toutes les angoisses de la maladie; on l'entendait souvent redire cette prière admirable : « Je vous rends grâces, ô mon Dieu, de toutes les douleurs auxquelles je suis soumis en ce moment, et je vous prie, ô mon Seigneur, de les augmenter cent fois plus si c'est votre plaisir. Je souhaite par-dessus tout qu'en me faisant passer par les souffrances vous ne m'épargniez pas; l'accomplissement de votre volonté est pour moi la consolation suprême. »

Le médecin l'ayant averti de l'approche de la mort, cette nouvelle le fit tressaillir d'allégresse; il dicta sur-le-champ la strophe suivante pour être ajoutée à un cantique composé plusieurs années auparavant, et dans lequel il invitait les hommes à louer Dieu de toutes ses créatures :

« Loué soit mon Seigneur pour notre sœur la mort corporelle, à laquelle nul homme vivant ne peut échapper. Malheur à celui qui meurt dans le péché mortel! Bienheureux ceux qui se trouveront alors conformes à vos volontés saintes; la seconde mort ne pourra leur nuire en aucune manière.

« Louez et bénissez mon Seigneur; rendez-lui grâces et servez-le avec une profonde humilité. »

Il fit chanter ces paroles, et lui-même accompagnait le chant de sa voix expirante. Élie, craignant de scandaliser le peuple et les serviteurs de l'évêque, conseilla au saint de mettre de côté ces chants dans une circonstance aussi solennelle. « Mon frère, lui dit le saint, laissez-moi me réjouir dans le Seigneur et lui rendre grâces de la tranquillité d'âme qu'il m'accorde. Je suis uni de telle sorte à mon Dieu par sa miséricorde et sa grâce, que je puis bien me réjouir en ce bienfaiteur suprême et plein de tendresse; au reste, je ne suis ni assez lâche ni assez pusillanime pour trembler aux approches de la mort. »

Cette réprimande n'empêcha pas le saint de donner peu après une bénédiction spéciale à Élie, bénédiction trop tôt oubliée au détriment de l'ordre, de l'Église et du malheureux vicaire général, qui bravera l'excommunication et aura le temps à peine, avant de mourir, de se réconcilier avec l'Église; mais laissons là ces souvenirs lugubres, et continuons à recueillir pieusement les derniers traits de cette vie précieuse.

François demanda à être porté à Sainte-Marie-des-Anges, afin de rendre le dernier soupir là où il avait reçu les premiers enseignements de la vie spirituelle. Arrivé dans la plaine, à un endroit d'où il pouvait voir plus aisément la ville d'Assise, il fit retourner le brancard sur lequel on le portait, pleura d'abord en la regardant, puis lui donna cette bénédiction : « Soyez bénie du Seigneur, ville fidèle à Dieu, beaucoup d'âmes seront sauvées en vous et par vous; les serviteurs du Très-Haut habiteront en grand nombre dans vos murs, et parmi vos habitants bien des justes seront choisis pour le royaume éternel. »

La veille de sa mort, il bénit ses frères, puis il dit aux assistants : « Où est mon premier-né, frère Bernard? » Celui-ci s'étant approché, il lui dit : « Venez, mon fils, afin que mon âme vous bénisse avant ma mort. » Alors plaçant sa main droite sur la tête de Bernard, qui se tenait à genoux, il ajouta : « Que le Père de Notre-Seigneur Jésus-Christ vous bénisse de toutes les bénédictions qu'il a répandues sur nous du haut des cieux en son Fils. Comme vous avez été choisi le premier pour donner dans cet ordre le bon exemple de la vie évangélique, et pour imiter la pauvreté dont Jésus-Christ a été le modèle, et que vous lui avez offert de grand cœur, non seulement vos biens, mais encore votre personne comme un sacrifice de suavité, ainsi soyez béni du Seigneur Jésus et de moi son pauvre serviteur; soyez béni d'une bénédiction éternelle, soit que vous entriez ou que vous sortiez, que vous veilliez ou que vous dormiez, que vous viviez ou que vous

mouriez. Que celui qui vous aura béni soit comblé
de bénédictions, et que celui qui vous aura maudit
ne demeure pas impuni. Soyez le Seigneur de vos
frères, et que tous soient soumis à votre empire.
Que tous ceux que vous aurez voulu recevoir dans
cet ordre y soient reçus, et ceux que vous aurez
voulu en faire sortir soient renvoyés. Qu'aucun
n'exerce sur vous sa puissance, et qu'en quelque
lieu que vous vouliez aller ou demeurer, vous puissiez le faire librement. »

Un des frères mit par écrit cette bénédiction du
nouveau Jacob ; pour Bernard, les sanglots l'empê-
chèrent de répondre un seul mot ; il se retira à
l'écart, afin de donner un plus libre cours à ses
larmes. Alors François, s'adressant aux autres frères,
leur dit : « Je veux et j'ordonne, autant qu'il est en
mon pouvoir, que chaque ministre général aime et
honore frère Bernard comme moi-même ; que tous
les ministres et frères de notre religion le considèrent
comme un autre moi-même. Bien peu sont capables
de comprendre sa vertu et sa sainteté. Le démon en
fait un tel cas, qu'il ne cesse, nuit et jour, de l'entourer de pénibles embûches et de lui livrer de
continuelles attaques ; mais, avec l'aide de Dieu, il
sortira vainqueur à son grand avantage de toutes ces
épreuves ; il jouira enfin d'une paix parfaite et d'une
merveilleuse sérénité. »

Il recommanda ensuite à tous ses frères et à leurs
ministres la sainte demeure de la Portioncule, cette
maison de Sainte-Marie-des-Anges, le berceau de
son ordre. Il s'étendit longuement sur ce sujet, et

son ardente sollicitude lui fit en ce moment prévoir tout ce qui dans la suite serait de nature à altérer tant soit peu la paix et le recueillement de ce séjour béni.

Cependant le moment de la mort approchait d'heure en heure. Le saint malade conjura dans la ferveur de son âme qu'on le dépouillât de ses vêtements et qu'on le plaçât sur la terre nue. Ainsi couché sur un sac, il leva les yeux au ciel selon sa coutume, et, tout entier à la contemplation de la divine gloire, il étendit sa main gauche sur son côté pour en cacher la plaie; ensuite il dit à ses frères : « J'ai fait ce que je devais; maintenant faites ce que Jésus-Christ vous inspirera. » Les compagnons du saint versaient des larmes abondantes; mais l'un d'entre eux, que François appelait son gardien, comprenant son désir, se leva, prit une robe avec une corde et des vêtements, et les offrit au pauvre de Jésus-Christ, en lui disant : « Je vous prête ces vêtements comme à un pauvre; pour vous, recevez-les en vertu de la sainte obéissance. » Le bienheureux se réjouit de cette action du gardien, et son âme en fut remplie d'allégresse. Élevant ses mains au ciel, il glorifia son Sauveur de l'appeler à lui libre et déchargé de toutes les choses de la terre.

Il dicta son testament à Ange d'Assise, vrai mémorial de l'amour et de la pauvreté, dernière expression d'un cœur paternel qui recommande à ses enfants les vertus qu'il a le plus aimées. Puis, le moment suprême étant proche, il fit appeler tous les frères de la maison, les consola avec tendresse, les

exhorta avec une affection paternelle à l'amour de
Dieu, à la patience, à la pauvreté, à l'attachement à
la foi de la sainte Église romaine; ensuite il étendit
sur eux ses mains, et, tenant ses bras en forme de
croix, il bénit et ceux qui étaient présents et ceux
qui étaient absents, en la vertu et au nom du Seigneur crucifié. Enfin il ajouta : « Adieu, mes enfants, fortifiez-vous dans la crainte du Seigneur, et
soyez-y persévérants. La tentation et la tribulation
approchent; heureux ceux qui demeureront fidèles
dans leur sainte entreprise. Pour moi, je m'en vais
à mon Dieu et je vous confie à sa grâce. »

Il se fit apporter alors le livre des Évangiles, et
demanda qu'on lui lût le chapitre de saint Jean qui
commence par ces paroles : *Le jour d'avant la
Pâque*, etc. Il récita ensuite comme il put le
psaume CXLI, et il le poursuivit jusqu'à ce verset :
*Les justes m'attendent pour que vous me donniez la
récompense qui m'est préparée.* Enfin, tous les mystères étant accomplis en sa personne, son âme sainte
rompit le lien de sa chair, et alla se plonger dans
l'abîme de la clarté divine. Plusieurs religieux
avaient remarqué une brillante étoile s'élevant radieuse vers le ciel.

Un gracieux poète que nous avons déjà cité a
voulu de nos jours faire revivre dans ses vers la
grande figure de François d'Assise. Écoutons encore
un de ses plus beaux chants :

LE CANTIQUE DU SOLEIL ET DE LA MORT

DERNIERS MOMENTS DE SAINT FRANÇOIS

. . . . Le bienheureux François
Pria qu'on lui chantât une dernière fois
Son hymne du soleil, ineffable cantique,
Inspiré par l'amour à son cœur séraphique;
Et le frère Léon, d'un accent altéré,
Soupira dans les pleurs le cantique sacré :

« Grand Dieu, Père et Seigneur des hommes et des anges,
Souveraine puissance et suprême bonté,
A vous seul, ô mon Dieu, la gloire et les louanges;
     Pendant toute l'éternité.

« Loué soit mon Seigneur, pour le soleil mon frère,
Qui dissipe la nuit et nous donne le jour.
Sa splendeur est céleste, et sa pure lumière
     Est un reflet du saint amour.

« Soyez loué, mon Dieu, pour nos sœurs les étoiles,
Et pour la lune aussi, leur reine et notre sœur,
Qui de la nuit obscure illuminent les voiles,
     Pleines d'éclat et de douceur.

« Soyez loué, Seigneur, pour le vent notre frère,
Pour le nuage sombre et la sérénité;
Par leur succession vous donnez à la terre
     La vie et la fécondité.

« Soyez loué, mon Dieu, pour votre créature
Votre sœur l'eau, charmante en sa limpidité,
Qui lave et fertilise, et dont la beauté pure
     Symbolise la chasteté.

« Loué soit le Seigneur, pour le feu notre frère,
Qu'il réveille la vie ou qu'il porte la mort.

De lui vient la chaleur, de lui vient la lumière :
    Il est pur, rayonnant et fort.

« Loué soit mon Seigneur, pour notre vieille mère
La terre, qui produit et les fruits et les fleurs,
Qui nous porte et nous berce, et de qui la poussière
    Se féconde par nos sueurs.

« Soyez béni, mon Dieu, pour celui qui pardonne
Et souffre les affronts d'un cœur tranquille et doux.
Heureux qui vit en paix sans offenser personne;
    Il sera couronné par vous.

« Soyez béni, mon Dieu, pour notre sœur terrible
La mort, que nul vivant ne peut fuir ici-bas.
Le méchant tremble et meurt; mais le chrétien paisible
    S'endort souriant dans vos bras.

« Louez, louez le Dieu des hommes et des anges!
Exaltez sa puissance et chantez sa bonté;
A lui seul les honneurs, la gloire et les louanges,
    Pendant toute l'éternité. »

Bercé par les accents du céleste cantique,
Saint François respirait une joie angélique,
Et son front rayonnait d'un éclat sans pareil :
Tel, au soir d'un beau jour, luit un mourant soleil.
Soudain il s'obscurcit, et sur son doux visage
La nuit déjà prochaine, étendit un nuage.
Alors il demanda, par un dernier effort,
Qu'on lui lût du Sauveur l'agonie et la mort.
Au récit déchirant de cette fin divine,
Un suprême sanglot déchira sa poitrine,
Et dans ses yeux éteints la pitié commença
Une larme d'amour, que la mort y glaça.
Sa bouche soupira, comme un lointain murmure,
Un psaume inachevé de la sainte Écriture.
Et, quittant doucement ce terrestre séjour,
Son âme s'exhala dans un soupir d'amour...

Comme un céleste ami, l'astre au front argenté
Sur la plaine tranquille épanchait sa clarté.
Le silence régnait en la nuit solitaire;
Tout respirait la paix : Dieu regardait la terre [1].

Telle fut la mort de François. Il était dans la quarante-cinquième année de sa vie, la vingtième de sa conversion, la dix-huitième de son ordre. Il sortit de ce monde l'an 1226, le samedi au soir, 4 octobre, et ses funérailles eurent lieu le lendemain.

Son âme sainte, continue le grand historien dont nous empruntons le récit [2], en quittant cette terre pour entrer dans la demeure de l'éternité, et se désaltérer, brillante de splendeur, aux sources mêmes de la vie, laissa en son corps des signes évidents de la gloire qui lui était réservée à l'avenir. On voyait en ses membres sacrés les clous merveilleusement formés de sa chair par la vertu divine, et tellement inhérents, que lorsqu'on les pressait d'un côté on sentait aussitôt comme un nerf dur et continu au côté opposé. On trouva plus apparente encore la blessure faite à son côté sans le secours d'aucune main humaine, blessure semblable à celle du côté du Sauveur. Les clous paraissaient noirs comme du fer; mais la plaie du côté était rouge, et, ses bords s'étant contractés, elle avait pris une forme ronde et ressemblait à une belle rose. Tout le reste du corps, qui naturellement, par ses infirmités, était basané;

[1] *Le Poème de saint François*, par le comte Anatole de Ségur, liv. V.
[2] Saint Bonaventure.

avait en ce moment revêtu une blancheur éclatante. Les membres étaient devenus doux et flexibles comme ceux d'un petit enfant.

Les religieux pleuraient l'enlèvement d'un père aussi digne de leur amour ; mais en même temps ils étaient pénétrés d'une joie immense lorsqu'ils baisaient en lui les signes sacrés du roi suprême. La nouveauté d'un pareil miracle changeait les pleurs en jubilation, et ceux qui en entendaient parler désiraient avec ardeur le voir de leurs propres yeux. Lorsque le bruit de la mort du saint se fut répandu et qu'on apprit le miracle existant sur son corps, la foule accourut au monastère afin de dissiper tout doute en l'examinant par elle-même, et aussi de témoigner son amour.

CHAPITRE XIII

Les funérailles. — Le cortège s'arrête à Saint-Damien. —
Claire recueille du sang des stigmates. — Lettre d'Élie.
— Un long cri de douleur. — Il a eu des imitateurs, nul
ne l'a égalé.

Le lendemain, on porta le saint corps à Assise au
milieu des cantiques et des hymnes d'un peuple
enivré de jubilation, et tous l'accompagnaient ayant
en leurs mains des rameaux et des cierges allumés.
En passant à Saint-Damien, la demeure de la bienheureuse Claire, on s'arrêta afin d'accomplir la promesse du saint et de donner aux religieuses le temps
de contempler les cicatrices merveilleuses de ce corps
sacré. Des cris et des sanglots accueillirent cette
visite, mais des sanglots mêlés d'admiration. Claire
s'efforça inutilement d'arracher un des clous miraculeux pour le conserver comme un trésor; elle
trempa alors un linge dans la plaie encore sanglante
du côté, et mesura la grandeur du corps afin d'en
faire reproduire l'image. Quand la dévotion de ces
pieuses filles eut été satisfaite, le cortège poursuivit

sa route vers Assise au milieu des chants religieux,
et l'on déposa le corps [dans l'église Saint-Georges.
Là François avait dans son enfance appris les premiers éléments de la religion, là il avait prêché pour
la première fois, là devait être le premier lieu de son
repos. Il avait demandé, il est vrai, comme une faveur d'être inhumé à la *colline d'Enfer,* la colline
où l'on mettait à mort les criminels, mais cet humble
vœu ne put recevoir tout de suite son exécution.
Assise voulait auparavant faire de ce lieu d'ignominie
un séjour digne d'abriter les restes du plus illustre
de ses citoyens.

Élie adressa aux ministres de l'ordre une circulaire
pour annoncer cette mort ou plutôt ce triomphe de
l'homme de Dieu sur la mort. Sincèrement attaché
à François, malgré plus d'une divergence avec lui
sur le gouvernement de sa famille, admirateur de
ses vertus, dont il ne pénétrait pas toujours assez la
sublimité, Élie exhalait dans cette lettre une peine
véritable; son cœur parlait plus encore que son
esprit; il prenait une large part au malheur dont il
entretenait ses frères.

« Avant de parler, disait-il, je soupire, et mes
sanglots se succèdent comme les eaux d'un torrent;
ce que je craignais le plus est tombé sur moi, est
tombé sur vous; ce que je redoutais m'est arrivé,
est arrivé à chacun de vous; le consolateur s'est
éloigné; celui qui nous portait comme des agneaux
entre ses bras est parti pour une contrée lointaine.
Aimé de Dieu et des hommes, il a été reçu dans le
séjour de la lumière, celui qui a enseigné à Jacob

8

la loi de la vie et de la discipline, celui qui a donné
un testament de paix à Israël. Sans doute son sort
est digne d'envie; mais nous, que son absence laisse
au milieu des ténèbres et des ombres de la mort,
nous n'en devons pas moins pleurer notre commun
malheur; moi surtout je dois pleurer le danger spécial auquel il m'abandonne au milieu d'occupations
nombreuses et inextricables, au milieu d'afflictions
multipliées. Pleurez donc avec moi, mes frères, je
vous en supplie; ma douleur est extrême; je pleure
avec vous; nous sommes orphelins, privés de notre
père, privés de la lumière de nos yeux.

« Oui, en vérité, la présence de François, notre
frère et notre père, était une lumière, non seulement pour nous, qui étions proches, mais pour
ceux qui étaient éloignés de nous par leur genre de
vie et leur profession. Il était une lumière émanée
de la lumière véritable, éclairant les hommes assis
dans les ténèbres et à l'ombre de la mort, afin de
diriger leurs pas dans les voies de la paix. Comme
la vraie splendeur, qui s'est levée d'en haut, illu-
minait son cœur et embrasait sa volonté du feu de
son amour, il remplissait cet office en prêchant le
royaume de Dieu, en rapprochant les cœurs des pères
des cœurs des enfants, en rappelant les imprudents
à la prudence des justes, en préparant dans le monde
entier un peuple nouveau au Seigneur. Son nom a
été porté jusqu'aux îles les plus lointaines, et toutes
les contrées de la terre ont admiré ses œuvres merveilleuses.

« C'est pourquoi, mes enfants et mes frères, ne

vous attristez pas outre mesure; le Dieu père des
orphelins nous consolera de sa consolation sainte;
et si vous pleurez, pleurez sur vous-mêmes et non
sur François; il a passé de la mort à la vie. Aban-
donnez-vous plutôt à la joie; car, avant de nous
être enlevé, il a, comme un autre Jacob, béni tous
ses enfants; il nous a pardonné nos fautes et jusqu'aux moindres pensées de chacun de nous contre
lui...

« Notre père François est passé à Jésus-Christ le
quatrième jour d'octobre, à la première heure de
la nuit. Nous donc, frères bien-aimés, marchant
sur les traces du peuple d'Israël pleurant Moïse et
Aaron ses illustres chefs, donnons un libre cours à
nos larmes en nous voyant privés de la consolation
d'un tel père. S'il est conforme à l'amour de prendre
part à la joie de François, il l'est également de
pleurer. Oui, il est selon l'amour de nous réjouir
de sa joie parce qu'il n'est pas mort, mais s'en est
allé dans la demeure du père de famille; il est selon
l'amour de pleurer François, car il entrait comme
Aaron dans le tabernacle, et il en sortait nous apportant de son trésor des choses nouvelles et anciennes, nous consolant en toutes nos tribulations,
et il nous a été ravi; nous sommes orphelins, nous
n'avons plus de père! Mais aussi comme il est
écrit : *Le pauvre a été abandonné à votre garde,
vous serez le secours de l'orphelin,* demandez instam-
ment, frères bien-aimés, qu'après avoir brisé le vase
de terre dans la vallée d'Adam, le potier suprême
daigne nous en façonner un autre également glo-

rieux pour être placé au-dessus de notre nombreuse
famille et nous précéder au combat comme un autre
Machabée... »

Quand cette lettre, si digne d'un fils de François,
parvint aux couvents de l'ordre, un long cri de douleur se fit entendre, mais de cette douleur mélangée
de douce consolation, comme on l'éprouve à la mort
des saints. La pieuse famille perdait un père, un
guide et un flambeau sur la terre; elle comptait un
protecteur puissant dans le ciel. François vivait dans
tous les cœurs; son souvenir, loin de s'éteindre,
devait se perpétuer de siècle en siècle, sa sainteté
briller comme ces astres dont la lumière n'a rien
perdu de son éclat après avoir illuminé le monde
depuis le jour de la création. Homme unique parmi
les siens, il a eu des imitateurs héroïques, des enfants sublimes; nul ne l'a égalé, croyons-nous. Il a
été montré à la terre comme un de ces rares types
sur lesquels la grâce divine, toujours prodigue de
bienfaits pour les saints, semble concentrer son
action d'une façon toute spéciale, afin d'apprendre
aux hommes jusqu'où s'élève sa puissance. L'œil se
retire en quelque sorte saisi d'effroi quand il contemple à quelle hauteur s'est placé cet humble marchand d'Assise, ce pauvre sans savoir et sans lettres;
l'âme admire, le cœur se sent épris d'un plus vif
amour pour la bonté divine, et l'esprit se demande
si jamais Dieu daignera donner à la terre un nouveau
François d'Assise.

CHAPITRE XIV

Nombreux miracles. — Grégoire IX donne la bulle de ca-
nonisation. — Translation du corps. — Sépulture mystérieuse. — Un secret de six siècles. — Découverte du saint
corps. — Celui qui s'abaisse sera élevé. — Progrès et
gloire de l'ordre séraphique. — Les frères mineurs au
XIXᵉ siècle. — Les franciscains en France.

Cependant l'Église n'avait point encore prononcé
sur la sainteté du serviteur de Dieu; les miracles
illustraient son tombeau comme ils avaient illustré
sa vie, et les peuples attendaient avec impatience
la décision du pontife suprême. Ce pontife était
Grégoire IX, le cardinal Ugolini, l'ami de François,
son protecteur persévérant. Sa dignité ne lui faisait
point perdre de vue les religieux de Sainte-Marie-
des-Anges; en 1228, il se rendit à Assise, où, après
une longue prière sur le tombeau du bienheureux,
il fit faire un examen rigoureux des miracles attri-
bués à ses mérites, puis il alla à Pérouse attendre
la conclusion de cet examen. Une fois assuré de
la validité de la procédure, il revint à Assise, et le

16 juillet, au milieu d'un nombre considérable de cardinaux, d'évêques, de seigneurs des provinces voisines, au milieu d'un peuple immense, il prononça du haut de son trône ces paroles solennelles : « A la gloire du Dieu tout-puissant, Père, Fils, et Saint-Esprit, de la glorieuse Vierge Marie, et des bienheureux apôtres saint Pierre et saint Paul, et à l'honneur de l'Église romaine, nous avons résolu, avec le conseil de nos frères et des autres prélats, d'inscrire au catalogue des saints le bienheureux père François, que Dieu a glorifié dans le ciel et que nous vénérons sur la terre. Sa fête sera célébrée le jour de sa mort. »

Ce décret fut suivi d'actions de grâces au Très-Haut ; le peuple y mêla ses acclamations de joie, puis l'auguste pontife célébra la messe. Ce jour fut pour Assise, pour les frères mineurs, pour l'Église entière un jour de jubilation et de triomphe ; la pauvreté, la mortification, toutes les vertus prêchées par le Sauveur, se trouvaient exaltées dans le plus pauvre et le plus humble des hommes. Il avait désiré, avons-nous dit, être enseveli sur la *colline d'Enfer ;* ce vœu fut exaucé, mais non comme il l'avait souhaité. Une église magnifique s'éleva en ce lieu ; les provinces d'Italie et les contrées étrangères voulurent contribuer à son érection, et l'an 1230 on put y transporter les restes vénérables de François. Ce fut encore un triomphe ; on vit accourir à cette translation un peuple si nombreux, qu'il fallut dresser des tentes dans la campagne pour l'abriter durant la nuit, les murs d'Assise se trouvant trop étroits

pour en contenir les flots. Mais un incident troubla
cette grande fête : les habitants d'Assise, ayant remarqué un mouvement dans la foule, craignirent
de se voir enlever leur trésor. Ils se précipitèrent sur
le char, se saisirent du saint corps, entrèrent dans
l'église, fermèrent les portes et placèrent le sacré
dépôt dans le lieu où il devait être, sans qu'il fût
permis aux prêtres, aux frères et au peuple de lui
rendre aucun honneur. C'était du zèle, mais non un
zèle selon la science.

Cet événement avait jeté un voile mystérieux et
impénétrable sur la vraie position du corps de saint
François. En 1818, le pape Pie VII permit au général des mineurs conventuels de faire des recherches
sous le maître-autel. Le travail fut entrepris en
secret, prolongé pendant cinquante-deux nuits, et
poussé avec une vigueur incroyable. Après avoir
brisé et rompu des roches, des massifs, des murs,
on trouva une grille en fer qui renfermait un sque-
lette humain, couché dans un cercueil de pierre,
d'où s'exhalait une odeur très suave. Le souverain
pontife délégua les évêques d'Assise, de Nocera, de
Spolète, de Pérouse et de Foligno pour en faire
l'examen juridique et en constater l'authenticité;
puis, conformément au décret du concile de Trente,
il nomma une commission de cardinaux et de théo-
logiens, et le 5 décembre 1820, il put déclarer par
un bref que « ce corps était véritablement le corps
de saint François d'Assise, le fondateur de l'ordre
des Frères mineurs [1] ».

[1] Rohrbacher, *Hist. de l'Église*, t. XVIII.

Plus de six siècles se sont écoulés depuis la mort de l'humble serviteur de Dieu, et son nom n'a rien perdu des respects et de la vénération des hommes; il survit à toutes les agitations dont le monde est troublé. François a choisi pour son partage la croix et la croix seule, et en sa personne s'accomplit sans interruption la parole du Maître : *Celui qui s'abaisse sera élevé.*

Disons quelques mots encore de l'œuvre de saint François d'Assise après lui. Nous avons vu [d'innombrables disciples se ranger durant sa vie sous ses entraînantes bannières. Après la mort du séraphique patriarche, l'impulsion qu'il a su communiquer à son ordre ne s'arrête pas. « Partout s'élève un long cri d'enthousiasme et de sympathie qui se prolonge à travers les siècles et les pays, dans les constitutions des souverains pontifes comme dans le chant des poètes. Trente-cinq ans après saint François, au chapitre général de Narbonne (1260), on trouve, en dénombrant les forces de l'ordre séraphique, qu'il y avait déjà, en trente-trois provinces, *huit cents* monastères et au moins *vingt mille* religieux. Un siècle plus tard, il y en avait *cent cinquante mille* [1]. »

Vers l'année 1334, l'ordre, déchu de sa première ferveur, commença à se renouveler lui-même dans son propre sein et aux pieds des souverains pontifes en donnant naissance aux *frères mineurs de l'Observance.* Soutenus et encouragés par l'Église,

[1] *Encyclopédie catholique*, au mot *Saint François d'Assise.*

les observants firent de rapides progrès et absor-
bèrent bientôt une grande partie des couvents de
l'ordre. Parmi eux la science et la vertu jetaient le
plus vif éclat. Saint Bernardin de Sienne, saint Jean
de Capistran et saint Jacques de la Marche faisaient
revivre le siècle de saint François, de saint Antoine
de Padoue et du séraphique docteur saint Bonaventure. En 1519, le pape Léon X forma le projet d'a-
chever l'œuvre commencée par l'observance, et d'é-
tendre à l'ordre entier la restauration de la discipline.
Ce projet de fusion ne put réussir, et le pape prit
alors le parti de séparer l'ordre en deux fractions
distinctes : celle des *observants*, qui furent les plus
nombreux et restèrent fidèles à la pureté de la règle,
et celle des *conventuels*, qui furent autorisés à posséder des biens-fonds et à conserver certaines miti-
gations qui modifiaient la règle primitive.

Les observants reçurent du pape l'injonction de
nommer le ministre général, successeur de saint
François, qui devait conserver le titre de *ministre
général de tout l'ordre des Frères mineurs*, et les
conventuels durent élire leur général, qui prit le
titre de *maître général*. Le ministre général de l'observance conservait aussi l'usage exclusif de l'ancien
sceau de l'ordre.

Trois siècles après la mort de saint François,
vers 1528, il se forma dans l'ordre séraphique une
troisième famille de frères mineurs, que le peuple
désigna sous le nom de *capucins*, à cause de la forme
de leur capuce. Le pape Clément VII les plaça sous
la juridiction du maître général des conventuels, et

8*

ils restèrent pendant près d'un siècle sous sa dépendance. Enfin, en 1619, ils eurent aussi leur général particulier. Cette troisième branche fait profession, comme l'observance, de garder l'intégrité de la règle et le véritable esprit de saint François.

Loin de nuire à la dilatation de l'ordre séraphique, cette triple division ne fit que la favoriser. La sainteté, fleur du ciel, continua à s'épanouir dans la grande famille franciscaine. *Quarante-deux saints* ou bienheureux avaient paru dans l'ordre des Frères mineurs avant leur fractionnement; *quatre-vingt-quatre*, juste le double, ont paru depuis. *Soixante-douze* d'entre eux appartiennent à l'observance, *dix* aux capucins et *deux* aux conventuels. En y joignant les saints et les bienheureux du second et du troisième ordre, nous comptons environ *deux-cent vingt-quatre* disciples de saint François placés sur les autels.

Mais il est un très grand nombre d'enfants de saint François qui, sans avoir reçu encore les honneurs de l'Église, ont laissé après eux une réputation de sainteté confirmée par des miracles. Le père Fortuné Hüeber, dans son *Ménologe franciscain*, comptait déjà, en 1698, environ *six mille* martyrs ou confesseurs, *cent quinze* dont la cause était introduite en cour de Rome, et *deux cents* dont le corps se conservait sans corruption.

Indépendamment de ces saints, l'ordre séraphique a donné à l'Église *cinq* souverains pontifes, plus de *soixante* cardinaux, *deux cents* patriarches ou archevêques, et plus de *deux mille* évêques.

Après bientôt sept siècles d'existence, le XIXe siècle voit encore les enfants de saint François continuer leurs travaux apostoliques. Participant de la vitalité de l'Église, ils traversent avec elle les bouleversements politiques et les vicissitudes des siècles. Malgré les persécutions de la révolution cosmopolite, ils remplissent encore l'univers.

Les observants possèdent presque tous les premiers couvents de l'ordre, premiers monuments consacrés par les vertus et le souvenir du saint patriarche d'Assise. Ils ont toujours l'auguste sanctuaire de Sainte-Marie-des-Anges, que saint François avait déclaré être la *mère* et le *chef* de toutes les maisons de l'ordre; ils sont encore au sanctuaire de l'Alverne, témoin de l'impression des sacrés stigmates, au couvent de Saint-Damien, le berceau de l'ordre de Sainte-Claire; ils conservent enfin depuis *six siècles* la garde des saints lieux de la Palestine consacrés par les sueurs et le précieux sang de l'Homme-Dieu.

La France a revu les disciples de saint François d'Assise qu'elle avait proscrits. Ils apportent de nouveau à notre pays leur zèle et tout leur dévouement; ils viennent l'aider, après bien des épreuves, à retrouver la paix et le bonheur, fruit d'un sincère retour à l'Évangile.

Avec le premier ordre, les clarisses, les annonciades, les conceptionistes et la double milice du tiers ordre régulier et séculier reprennent au milieu de nous leurs traditions de dévouement, d'immolation, de prière et de sacrifice, trop longtemps interrompues. Puisse notre patrie subir la salutaire influence de l'esprit séraphique, retrouver ainsi l'esprit du catholicisme et redevenir la nation très chrétienne !

APPENDICE

APERÇU SUR LA POÉSIE FRANCISCAINE

La poésie franciscaine occupe une place dans l'histoire de la poésie italienne. Son caractère spécial, c'est d'être populaire. Elle commence avec saint François lui-même. C'est lui qui a ouvert le premier cette voie que le Dante et Pétrarque devaient plus tard parcourir avec tant d'éclat. Mais son âme seule lui inspirait des vers. Lorsque l'amour débordait de son cœur, il parcourait la campagne; il appelait les moissons, les vignes, les arbres, les fleurs, les champs, les étoiles du ciel, tous ses frères et ses sœurs de la nature à se joindre à lui pour bénir le Créateur, et, sa tendresse radieuse et naïve s'élevant de degré en degré jusqu'au soleil, un hymne s'élançait de son âme. Mais comme il ne suivait aucune règle, il faisait corriger ses vers par le frère Pacifique, qui, après avoir été le poète lauréat de Frédéric II, était devenu son disciple.

C'est dans la langue du pays que le pauvre mendiant célébrait les merveilles de l'amour d'en haut, et avec une passion qu'il craignait lui-même de voir accuser de folie. Jamais l'amour n'a poussé un cri si enthousiaste et si vraiment céleste que dans le cantique dont nous allons donner la traduction en vers français par M⁹ʳ de la Bouillerie :

L'AMOUR M'A MIS EN UN FOVER

L'ardent époux qui, le premier,
A su s'emparer de mon âme,
En l'épousant l'a mise en flamme;
Quand l'amoureux petit agneau,
Pour me mettre en son doux servage,
A mon doigt eut passé l'anneau,
Il m'a donné de son couteau
Au cœur un coup qui le partage.

Il partage mon cœur entier,
Et de son large cimeterre
Il a jeté mon corps en terre.
Le carquois où l'amour tient prêts
Ses dards aux pointes séductrices,
M'a décoché l'un de ses traits;
En guerre il a changé ma paix :
Je meurs, je me meurs de délices.

Je meurs!... et de mon meurtrier
Que le succès ne vous étonne :
Ignorez-vous les coups qu'il donne?
Sachez que ce dard vigoureux,
Qui percerait mille cuirasses,
Du bout de son fer amoureux,
Large et long comme un sillon creux,
M'a bien traversé de cent brasses.

Sous lui si l'on m'a vu plier,
Ce n'est pas que la mort m'oppresse ;
C'est la joie et sa douce ivresse.
Mais à moi-même revenu
Plus fort après ce coup funeste,
J'ai suivi le sentier connu
Qu'il avait autrefois couru
Pour entrer à la cour céleste.

Là, comme un hardi chevalier,
Au Christ j'ai déclaré la guerre,
Et j'ai chevauché sur sa terre
    Les armes à la main,
J'ai brandi le fer de ma lance ;
Le rencontrant sur mon chemin,
J'ai brandi le fer, et soudain
De lui j'ai su tirer vengeance.

Puis j'ai cessé de guerroyer,
Ma vengeance étant satisfaite,
Et ma paix avec lui s'est faite ;
Car il m'a si vraiment aimé,
Lui, dont l'amour pour moi s'immole ;
Mon cœur aujourd'hui ranimé,
Sait porter le poids enflammé,
Le poids d'amour qui le console.

Saint Bonaventure, enfant de saint François, avait hérité de son amour pour la nature. Tout ce que renfermait de naïf et d'aimant l'âme du Docteur séraphique, nous le voyons dans un opuscule intitulé *Philomèle*. Après avoir décrit les mœurs de cet oiseau mystérieux, il en fait l'application à l'âme dévote. Imitant dans ses pieuses contemplations la gradation touchante des mélodies de Philomèle, cette âme repasse la vie du divin Sauveur, sa tendresse, ses bienfaits, ses sacrifices, et s'enflamme à chaque considération d'un amour toujours plus vif et plus ardent.

Voici un extrait de cet opuscule :

Philomèle, oiseau précurseur des beaux jours, toi qui annonces le départ des pluies et des frimas par tes touchantes et suaves mélodies, ô le plus prévoyant des oiseaux, de grâce, viens à moi.

Viens, je t'enverrai où je ne puis aller moi-même ; tu seras mon messager auprès d'un ami ; tu le réjouiras de tes chants, et ta voix, plus douce que les sons de ma lyre, dissipera sa tristesse. Pour moi, je ne puis, hélas ! lui faire entendre mes paroles.

Prends pitié de mon impuissance, prête-moi ton secours ; va saluer de ton harmonieuse voix cet unique bien-aimé, et dis-lui que mon cœur soupire sans cesse après les délices de sa présence.

Que si quelqu'un te demande pourquoi je te choisis pour ce message, c'est parce que j'ai reconnu en toi les qualités conformes à la divine loi de l'amour et propres à charmer le souverain Roi.

Voici ce que j'ai appris de cet oiseau : lorsqu'il sent que sa mort est prochaine, il monte au sommet d'un arbre, il se dresse en quelque sorte vers le ciel, et, dès les premières lueurs de l'aube, il s'épuise en chants variés.

Ses douces chansonnettes préviennent le lever de l'aurore ; mais quand le jour commence à briller, il élève avec une grâce charmante sa voix mélodieuse, et chante sans relâche et sans repos.

Lorsque le soleil est au quart de sa course, il ne garde plus de mesure, parce que sa joie intime va toujours croissant. On dirait que son gosier se rompt ; sa voix s'enfle insensiblement, et plus il élève le son, plus il sent d'ardeur dans son chant.

Mais à midi, quand le soleil est brûlant, il n'y tient plus : à force de dire et de répéter ses cris mélodieux, il se déchire les organes; dominée par la souffrance, sa voix s'affaiblit alors par degrés.

La glotte ainsi rompue, il ouvre et ferme alternativement son bec; il est comme à l'agonie. Enfin, à la neuvième heure du jour, toutes ses veines éclatent, et il achève de mourir.

Voilà en peu de paroles ce qui regarde cet oiseau; mais, s'il vous en souvient, je vous disais au début que ses chants sont mystérieux, et qu'ils se rapportent à la loi d'amour qui nous unit à Jésus-Christ.

A mon avis, Philomèle, c'est l'âme ornée de vertus et pleine d'amour, qui, parcourant par la pensée les séjours délicieux de la patrie céleste, fait entendre une très gracieuse mélodie.

Un jour mystique, se découvrant à ses yeux, fait croître sa sainte espérance; et les bienfaits qui tombent de la main de Dieu sur l'homme en sont comme les heures diverses.]

Elle élève progressivement la voix de son cœur, et, prévenant l'aurore par ses chants, elle loue et glorifie Dieu, dont elle considère la munificence dans l'œuvre admirable de sa création.

Car, ô souveraine charité, vous voulez m'unir à vous pour toujours, me mettre en possession du charmant palais des cieux, me faire habiter avec vous, me nourrir et m'instruire comme votre propre enfant.

Dès lors vous décrétiez de m'associer aux célestes phalanges, de vous donner vous-même à moi. Par quel moyen puis-je répondre à tant de bienfaits? Je n'en connais qu'un seul, rien qu'un : c'est de vous aimer.

O source unique de douceur et de suavité, ravisseur bienfaisant des cœurs qui vous aiment! tout ce que j'ai, tout ce que je suis, je vous le consacre; enfin je vous confie le dépôt de tous mes intérêts.

Ces pensées occupent l'âme jusqu'à l'aurore; alors, songeant à cette heure fortunée où le Seigneur descend du ciel et se revêt de notre humanité, elle élève et renforce sa voix.

L'amour la pénètre tout entière; elle fond dans les ardeurs de la charité en contemplant le Créateur du monde, qui s'est fait comme nous petit enfant, et qui, par ses vagissements divins, consent à guérir nos anciennes langueurs,

O petit enfant plein de charmes, mille fois heureux celui à qui il a été donné d'embrasser vos pieds, de baiser vos mains, d'essuyer vos larmes, et de rester sans cesse près de vous pour vous servir, ô enfant sans pareil!

Hélas! pourquoi ne m'a-t-il pas été accordé de prodiguer mes caresses au nouveau-né, d'apaiser ses vagissements, et de mêler mes larmes aux siennes? Infortunée! je n'ai pu ni réchauffer ses membres délicats, ni veiller sur son berceau!

· Heureux alors celui qui, à force de prières, aurait eu la faveur de servir Marie, et aurait obtenu pour salaire l'ineffable consolation de baiser une fois par jour son divin fils, et de partager ses jeux enfantins!

Ainsi l'enfance de Jésus est l'objet des chants continus de cette âme, jusqu'à la troisième heure, où elle porte ses pensées sur les immenses douleurs qu'il a souffertes en instruisant les hommes.

Alors, avec un torrent de larmes, elle rappelle ses travaux : la soif, la faim, la chaleur, le froid, les sueurs, et toutes les souffrances qu'il a endurées pour convertir et sauver les pécheurs.

Au souffle de l'amour, sa voix s'enfle. O fortunée Philomèle!... elle redouble ses chants, elle crie sans interruption, elle veut mourir au monde; la vie lui est à charge, et le siècle présent lui est un objet de dégoût.

C'est donc vous qui parlez, ô Seigneur! s'écrie-t-elle, oracle plein de suavité, ami des pauvres, refuge des exilés, tendre consolateur du repentir! Ah! que tous, justes et pécheurs, accourent à votre suite!

Heureux celui à qui il fut donné de vivre habituellement avec ce Maître divin, et de recueillir sur ses lèvres le miel de ses paroles, dont la douceur est si grande, qu'auprès d'elle tout semble amertume ou infection!

De telles pensées inspirent à l'âme le chant de la reconnaissance et l'enflamment toujours davantage à louer le Seigneur, jusqu'à la fin de la troisième mélodie.

On la croirait dans une sorte d'ivresse; mais quand la chaleur du midi se fait sentir, les traits du divin amour s'enfoncent plus avant dans son cœur, et la passion de Jésus-Christ se présente à ses yeux.

Elle pleure en voyant cette victime sans tache, ce tendre agneau couronné d'épines, meurtri de coups, percé par des clous barbares, les flancs blessés de toutes parts et tout sanglants.

Que le pécheur repentant comprenne à tant de souffrance que Jésus lui donne son cœur. Ah! ces marques d'amour, je veux les avoir sans cesse présentes à ma pensée; elles sont toutes-puissantes pour mettre en fuite le démon et pour dompter la rage du péché.

Votre œil, ô divin Sauveur, voyait bien l'hameçon, mais vous ne redoutiez point sa pointe acérée. Vous vous précipitâtes avec une miséricordieuse avidité sur cet appât souverainement attrayant pour votre amour.

C'est pour moi, misérable, c'est parce que vous m'aimiez, que vous vous êtes placé vous-même sous l'aiguillon de la mort, quand vous vous offrîtes comme une victime sainte à votre Père, et que vous préparâtes dans votre sang un bain salutaire pour laver toutes mes souillures.

Mais dois-je me contenter de mes soupirs? Ne dois-je pas, selon ce que dit Job, m'arracher la chevelure, me creuser un tombeau, et, dans l'excès de ma douleur, y exhaler mon dernier soupir?

O coupable aveuglement du monde! blessé à mort par ses ennemis, il repousse le médecin qui est prêt à le secourir, et qui lui ouvre dans l'infirmité l'asile de son tendre cœur!

O homme, pourquoi ne rappelles-tu pas à ta mémoire les bienfaits de la passion de Jésus? C'est elle qui a brisé les armes de tes ennemis; c'est elle qui t'a enrichi des biens les plus précieux.

Tu étais malade, Jésus t'a nourri de son corps; il t'a préparé un bain dans son sang; il t'a donné son tendre cœur : c'est à ces traits qu'il veut que tu reconnaisses combien il t'a aimé.

Ah! toutes les fois que l'âme pieuse envisage le lit mystérieux de la croix, elle s'y attache avec amour, semblable à l'épervier qui se repaît de la proie sanglante sur laquelle il s'est abattu.

Alors, transportée hors d'elle-même, elle s'écrie : O croix, ô corps meurtri et couvert de sang, corps tout déchiré par amour pour moi, pourquoi ne me donneriez-vous pas une part de vos blessures? pourquoi ne suis-je pas crucifiée pour mourir avec vous?

Infortunée! puisque cette consolation m'est refusée, je saurai bien me créer des tortures : je vais gémir et pleurer jusqu'à ce que je quitte ce triste exil.

A ces mots, cette âme aimante s'enflamme de plus en plus; elle perd le sentiment, et ses forces l'abandonnent. A peine peut-elle parler; bientôt, ses ardeurs grandissant, elle tombe presque sans vie.

L'organe de la voix est brisé; sa langue s'agite encore; mais elle ne forme que des sons inarticulés : à la place des paroles, ce sont des larmes et des sanglots. Elle gémit sur son doux Jésus et sur la blessure de son divin cœur.

En cet état, elle ne peut que pleurer et soupirer; ses yeux sont toujours fixés sur les plaies du Sauveur; elle ne peut en distraire sa pensée ni son affection.

Elle éprouve tous les sentiments que fait naître en son cœur le spectacle de son bien-aimé expirant en réalité sous ses yeux; son regard est attaché à la croix, parce que là est l'objet de son amour.

Les gémissements, les soupirs, les larmes, les sanglots, sont ses délices, sa nourriture, toute sa substance : martyre d'un nouveau genre, elle y trouve aussi son trépas avec un accroissement de souffrances.

En cet état, elle repousse tout ce qui est de la terre, et elle a horreur des consolations du monde. Mais, quand la neuvième heure du jour arrive, elle achève de mourir : l'amour, à son plus haut degré, brise le fil de son existence.

En rappelant à sa pensée le cri de Jésus : *Tout est consommé!* en considérant le trépas qui suivit ces paroles, ce cri, dit-elle, a pénétré mon cœur; il l'a tout déchiré!... » Il semble qu'elle expire, en effet, avec son doux Seigneur!...

Laissons l'hymne des morts : pourquoi entonnerions-nous pour cette âme des chants funèbres ? Commençons plutôt le saint sacrifice par le cantique de la joie; car, prier pour un martyr, n'est-ce pas douter de sa sainteté?

Ame fortunée, te voilà donc en possession du repos si désiré! tu peux sommeiller doucement dans les bras de ton divin époux; et, dans l'expansion de deux cœurs étroitement unis, tu peux savourer la douceur de ses chastes embrassements.

——— ———

Après la mort de saint François, la poésie vint puiser de pures et nobles inspirations à son tombeau. Entre tous les poètes qui ont célébré saint François, nous en choisirons deux seulement : Jacopone de Todi et Lope de Vega.

Le premier était un jurisconsulte distingué. Il était né dans la ville de Todi, avant le milieu du XIIIe siècle. On sait comment il fut amené à quitter le monde pour se faire enfant de saint François. En l'année 1268, la ville de Todi célébrait des jeux publics. La jeune épouse du jurisconsulte fut invitée. L'estrade sur laquelle elle avait pris place vint à s'écrouler. Jacques se précipite, enlève sa femme toute palpitante et la délivre de ses vêtements. Sous les riches tissus qu'elle portait, il aperçoit un cilice. Au même instant la mourante rend le dernier soupir.

Cette mort soudaine, ces austères habitudes chez une personne nourrie dans toutes les délicatesses de l'opulence, et enfin la certitude d'être le seul coupable des péchés expiés sous ce cilice, frappèrent le jurisconsulte de Todi comme d'un coup de foudre. Le bruit se répandit que la douleur l'avait rendu fou. Il vend ses biens pour les distribuer aux pauvres, se couvre de haillons, parcourt les églises et les rues, poursuivi par les enfants, qui l'appelaient Jacques l'insensé, *Jacopone*. Voilà ce fou qui devait immortaliser la riche maison des Benedetti.

En 1278, il vint frapper à la porte du cloître, et voulut être admis parmi les frères mineurs. Ils le renvoyèrent d'un jour à l'autre jusqu'à ce qu'il leur eût prouvé son bon sens en leur apportant deux pièces, l'une en prose latine rimée, l'autre en vers italiens. Le cantique italien étincelait de verve. La douleur et la solitude, ces deux grandes maîtresses du génie, avaient fait d'un avocat un poète.

Jacopone excella beaucoup trop bien pour sa tranquillité dans le vers satirique. Mais, comme François d'Assise, il avait d'ineffables ivresses d'amour divin; alors il n'était plus à lui, il chantait, il pleurait, il soupirait, et les strophes s'échappaient de son âme, majestueuses et abondantes. On ne peut s'empêcher d'être ému en lisant son dialogue si touchant et si naïf entre l'âme fidèle et Jésus-Christ :

L'ÉPOUSE

Je meurs d'amour pour toi, ô mon Rédempteur ! Viens, ô amour ! livre-toi tout entier à mon cœur. Oh ! ne tarde pas à te rendre à mes vœux !

Toute autre douceur me paraît amertume; seule ta beauté ravissante est capable de me consoler.

L'âme qui te cherche, ô Jésus, te trouve en tout lieu ! Mais c'est au ciel que tu te donnes avec plus de tendresse à l'amour qui soupire après toi.

J'éprouve tant de douleur, ô amour, si je ne te possède pas, que je mourrai, à coup sûr, si tu tardes trop à te rendre à mes désirs.

LE CHRIST

Je veux me donner à toi sans prolonger ton attente; car tes soupirs m'ont ému de compassion.

Si tu te consacres sans réserve à mon amour, que puis-je demander de plus? Cette offrande remplit mon cœur d'allégresse, et comble tous mes désirs.

L'ÉPOUSE

Ah! viens donc, ô mon amour! viens faire la joie de mon cœur, et restons dans les épanchements ineffables d'une mutuelle tendresse !

LE CHRIST

O tendre épouse, qui vis étrangère aux charmes du monde, je veux, pour satisfaire mon amour, prendre dans ton cœur un délicieux repos !

LE POÈTE

Le divin amour est venu dans le cœur de l'épouse; il la tient dans ses flammes célestes et l'inonde d'une joie merveilleuse.

L'épouse prépare dans son cœur une couche pour le bien-aimé; elle l'embrasse étroitement, sans crainte qu'il soit jamais ravi à sa tendresse.

Son cœur est enivré de tant de délices, qu'elle meurt d'amour, et qu'elle conjure à grands cris son bien-aimé de modérer ses ardeurs divines.

O Jésus! ô Rédempteur tout aimable! ô douce joie du cœur! accorde-moi la grâce d'être consumé dans les feux de ton saint amour!

On sait que le *Stabat Mater* du Calvaire a été composé par Jacopone. Rien de plus touchant que cette complainte si triste, dont les strophes monotones tombent comme des larmes. Cette œuvre suffirait à sa gloire. Il composa aussi sur les mêmes rimes le *Stabat* de la *crèche*, moins connu, mais aussi digne de l'être. Rien de plus gracieux. Qu'on en juge par le texte lui-même, car il est impossible de faire passer dans une traduction l'intraduisible charme de la langue, de la mélodie et de la naïveté antiques :

1. Stabat Mater speciosa,
   Juxta fœnum gaudiosa,
   Dum jacebat parvulus.

2. Cujus animam gaudentem,
   Lætabundam et ferventem,
   Pertransivit jubilus.

3. O quam læta et beata
   Fuit illa immaculata
   Mater unigeniti !

4. Quæ gaudebat, et videbat,
   Exultabat, cum videbat
   Nati partum inclyti

5. Quis est qui non gauderet (*sic*).
   Christi Matrem si videret
   In tanto solatio ?

6. Quis non posset collætari
   Christi matrem contemplari
   Ludentem cum Filio?

7. Pro peccatis suæ gentis,
   Christum vidit cum jumentis,
   Et algori subditum.

8. Vidit suum dulcem natum
   Vagientem, adoratum
   Vili diversorio.

9. Nato Christo in præsepe,
   Cœli cives canunt læte
   Cum immenso gaudio.

10. Stabat senex cum puella,
    Non cum verbo nec loquela,
    Stupescentes cordibus.

11. Eia, Mater, fons amoris,
    Me sentire vim ardoris
    Fac, ut tecum sentiam!

12. Fac ut ardeat cor meum
    In amando Christum Deum,
    Ut sibi complaceam.

13. Sancta Mater, istud agas :
    Prone (sic) introducas plagas
    Cordi fixas valide.

14. Tui nati cœlo lapsi,
    Jam dignati fœno nasci
    Pœnas mecum divide.

15. Fac me vere congaudere,
    Jesulino cohærere,
    Donec ego vixero.

16. In me distat ardor tui,
    Puerino fac me frui,
    Dum sum in exilio.

17. Hunc ardorem fac communem,
    Ne facias me immunem
    Ab hoc desiderio.

18. Virgo virginum præclara;
    Mihi jam non sis amara :
    Fac me parvum rapere.

19. Fac ut portem pulchrum fantem (*sic*),
    Qui nascendo vicit mortem,
    Volens vitam tradere.

20. Fac me tecum satiari,
    Nato tuo inebriari
    Stans inter tripudia.

21. Inflammatus et accensus,
    Obstupescit omnis sensus
    Tali de commercio.

22. Fac me nato custodiri,
    Verbo Dei præmuniri,
    Conservari gratia.

23. Quando corpus morietur;
    Fac ut animæ donetur
    Tui nati visio.

Il faut honorer surtout dans Jacopone le poète de la pauvreté. Plus d'une fois sans doute, au coucher du soleil, quand les habitants de Todi revenaient du travail, on entendit retentir la chanson de la dame Pauvreté, la dame souveraine des franciscains. En voici la traduction :

DOUX AMOUR DE LA PAUVRETÉ

COMBIEN NOUS DEVONS T'AIMER !

Pauvre petite pauvreté,
L'humilité est ta sœur :
Il vous suffit d'une écuelle
Pour boire et pour manger.

La pauvreté veut seulement
Du pain, de l'eau, des racines,
Et si quelque hôte lui survient
Elle y ajoute un grain de sel.

La pauvreté marche tranquille ;
Elle n'a aucune inquiétude ;
Elle n'a pas peur que les voleurs
La puissent dépouiller.

Pauvreté frappe à la porte !
Elle n'a ni sac ni bourse ;
Elle ne porte avec elle aucune chose,
Sinon la nourriture qu'on lui donne.

La pauvreté n'a pas de lit,
Ni de maison, ni d'abri ;
Elle n'a ni manteau ni table !
Elle s'assied à terre pour manger.

La pauvreté meurt en paix ;
Elle ne fait pas de testament ;
Ni amis ni parents
Ne se disputent son héritage.

La pauvreté a un amour joyeux
Qui méprise tout le monde ;
Elle ne va pas autour de ses amis
Pour avoir leur héritage.

Pauvre petite pauvreté,
Citadine du ciel,
Aucune chose de la terre
Tu ne peux désirer.

La pauvreté ne gagne rien,
De tout son temps elle est prodigue;
Elle ne garde rien
Pour le soir et le lendemain.

La pauvreté s'en va légère;
Elle vit joyeuse, sans arrogance,
Et pour tout viatique
Elle ne veut rien porter.

La pauvreté, qui n'est point trompeuse,
A coutume de toujours faire le bien,
Et dans le ciel elle attend le moment
De demander son avoir.

Pauvreté, grande monarchie,
Tu as tout le monde sous ton autorité;
Tu as la haute seigneurie
Sur toutes les choses que tu as méprisées.

Pauvreté, haute perfection,
D'autant plus croît la raison,
Que déjà tu as en possession
Le gage de la vie éternelle.

Pauvreté gracieuse,
Toujours abondante et joyeuse,
Qui peut dire que ce soit chose indigne
D'aimer toujours la pauvreté?

Pauvreté! plus celui qui t'aime
Te goûte, plus il te désire;
Car tu es cette fontaine
Qui ne diminue jamais.

Que celui qui veut la pauvreté
Laisse le monde et ses folies,
Et au dedans comme au dehors,
Qu'il se méprise lui-même.

La pauvreté n'a aucun avoir;
Elle ne possède rien;
Elle se méprise elle-même;
Mais elle régnera avec le Christ.

O pauvre François!
Patriarche nouveau,
Tu portes l'étendard nouveau
Marqué du signe de la croix.

On peut dire que Jacopone a été en un sens le précurseur du Dante. C'est lui qui a rendu vivante cette langue italienne que Dante devait rendre immortelle.

Citons en terminant un autre poète franciscain, Lope de Vega, du tiers ordre. Il naquit dans le village de Vega, sur le revers septentrional des monts Asturiens, d'une famille noble. Avant de savoir écrire, il dictait des vers à ses camarades plus âgés. Pendant qu'il faisait ses études à Alcala, il perdit son père et sa mère. Un créancier impitoyable ruina le pauvre orphelin. Alors il fit le tour du monde avec un enfant de son âge. Après une jeunesse orageuse, il épousa une personne sage et discrète qui le rendit heureux. Sa félicité domestique le purifia et le rendit plus sérieux. Mais la mort de son fils aîné et de son épouse vint briser son fragile bonheur. Il reconnut dans son malheur le châtiment de ses désordres passés, et les sentiments religieux se réveillèrent chez lui. Lope de-

vint pénitent, puis prêtre. Ses mœurs étaient simples ;
il demandait ses plus grandes jouissances à la prière
et à la nature. Il retrouva dans son âme toute la pureté de l'innocence, et son génie, éprouvé par tant de
tristesse, eut des accents d'une ineffable douceur.
Enrôlé dans la milice des pauvres de Jésus-Christ, il
porta toujours le saint habit franciscain et la corde
de la pénitence. Il aima saint François avec transport,
et il chanta les merveilles de sa vie, son mariage avec
la pauvreté, ses stigmates. C'est dans cet amour du
séraphique patriarche qu'il trouva les plus belles inspirations. On peut s'en convaincre par l'extrait suivant :

AU SÉRAPHIQUE PÈRE SAINT FRANÇOIS

Un jeune marchand voulut se marier en son pays ; on lui
proposa deux belles demoiselles.

L'une se nomme l'Humilité, l'autre la Pauvreté, dames
que Dieu a tant aimées, qu'il naquit et mourut avec elles.

L'Humilité lui a promis le siège que par orgueil Luzbel
a perdu dans le ciel.

L'autre lui promet en dot la vie éternelle ; après que Dieu
s'est donné lui-même, peut-elle offrir un plus grand trésor ?

Il les épouse toutes deux. L'entremetteuse de cet heureux
mariage est la Chasteté, à laquelle il s'est voué.

C'est le Christ qui est le parrain ; pour gage de la dot, il
donne à François ses cinq plaies : c'est tout ce qu'il a gagné
sur la terre.

On passe le contrat. Dieu lui-même écrit sur les pieds, le
côté et les mains du marié tout ce qu'il aura de sa fortune.

Oh ! qu'il est riche, ce jeune marchand, puisque le Christ

lui-même atteste par ses cinq signatures de sang qu'il a payé
sa dette !

A la noce ! à la noce ! ô belles vertus ! François se marie ;
il y a de grandes fêtes !

———————

A l'heure où l'aube pleure sur les muguets et les lis, où
elle écrit en lettres de diamant sur les feuilles de l'hyacinthe ;

Dans les montagnes que l'Alvernia couronne d'âpres ro-
chefs, formant pour arriver jusqu'au ciel des obélisques de
neige ;

François, brûlant d'amour pour le Christ, demandait au
Christ, comme c'est l'office de celui qui aime, de lui donner
des peines.

Alors, rompant les airs, un séraphin crucifié, percé de
cinq plaies et voilé de six ailes, s'approcha de sa poitrine.

François, quittant le sol, tout ravi dans une divine extase,
livre ses cinq sens à cinq flèches d'amour.

Embrasé, dans son être infini, d'un feu ardent, le séraphin, se faisant tout entier comme un sceau, imprima sur
cette page qu'il voyait si pure une divine estampe ; il imprima sur son corps le Christ mort, et dans son âme le Christ
vivant.

Telle la cire obéissante montre à son maître l'antique
écusson gravé en un instant sur l'enveloppe flottante.

François demeura consacré comme ce voile divin sur lequel le Christ imprima son sang ; mais ici il a imprimé ses
douleurs mêmes.

Le Christ reçut ses plaies de la main de l'homme ; par une
faveur plus grande, comblé de plus d'honneur dans son
martyre, François a reçu les siennes de Dieu lui-même.

O sublime séraphin ! ô François ! vous êtes glorifié avant
de mourir ; car le Christ ne reçut la plaie du côté qu'après
sa mort.

Et s'il montra vivant toutes ses blessures, ce ne fut que

lorsque, glorieux et triomphant de la mort, il revint avec les dépouilles du limbe.

Vous êtes monté par l'humilité sur le trône que Lucifer perdit par orgueil dans le ciel; ainsi vous êtes la lumière du ciel empyrée.

Vous-même, vous vous êtes fait petit; mais Dieu vous a rendu si grand, que le sol foulé par vos pieds croit se sentir foulé par le Christ lui-même.

Dieu, s'ajustant avec vous, comme autrefois Élie avec l'enfant mort, a ressuscité l'humilité que vos fils professent.

Votre ordre est un ciel dont vous avez été le soleil; et vous voulez que ce soleil ait une lumineuse compagne, Claire, plus claire encore que son nom.

Des martyrs sans nombre sont ses étoiles innombrables.

Votre cordon, ô François, est l'échelle de Jacob; ses nœuds sont des degrés par lesquels nous avons vu monter jusqu'au ciel empyrée,

Non les géants, mais les humbles; car le divin bras élève les cœurs abaissés, et humilie les poitrines.

––––––––

Ce chérubin aussi beau que le cèdre et le palmier, qu'il tombe! qu'il tombe celui dont la naissance se confond avec celle de l'aurore, celui qui eut de l'audace là où tout pouvoir s'abaisse et s'anéantit!

Qu'il tombe, perdant la victoire et la palme! qu'il soit renversé du mont sublime où il portait témoignage, et qu'à cette même place l'humilité vous élève, humble François, en corps et en âme!

Lorsqu'au divin Séraphin crucifié vous renvoyez les rayons dont il vous perce, vous êtes un clair miroir dans lequel il se contemple.

Il trouve en vous son image; il voit un nouveau séraphin s'élevant pour remplacer celui qui est tombé. Si vous n'étiez qu'un ange, il ne s'étonnerait point; mais il considère vos plaies, il s'émerveille.

N. B. — Tous ces matériaux ont été puisés dans les trois ouvrages suivants :

1o *Histoire de saint François d'Assise*, par M. E. Charvin de Malan ;

2o *Les Poètes franciscains*, par Ozanam ;

3o *Le Sacré Cœur de Jésus*, par le P. Desjardins, de la Compagnie de Jésus.

NOTICE

SUR

LE TIERS ORDRE DE SAINT-FRANÇOIS

Saint François avait fondé les frères mineurs et les clarisses ; ses cloîtres s'étaient remplis d'âmes élevées et pure, qui développaient, dans une atmosphère calme et sanctifiante, les germes de toutes les vertus. Mais, dans la société, la vie monastique n'est et ne peut être le partage du grand nombre. Or saint François était suscité de Dieu pour régénérer les foules. Il lui fallait donc chercher, en dehors de ces rigoureuses observances, un aliment qui pût entretenir partout la vie spirituelle, un remède qu'on pût opposer avec succès à toutes les formes du vice, une manière de vivre qui prît toutes les directions et qui pût se plier aux exigences des conditions les plus diverses. Le troisième ordre fut, dans la pensée du saint fondateur, la solution de ce problème. L'ordre de la Pénitence rendit en quelque sorte l'état religieux accessible à tous. « Sa

création, dit le père Lacordaire, introduisit la vie religieuse jusqu'au sein du foyer domestique et au chevet
du lit nuptial. Le monde se peupla de jeunes filles, de
veuves, de gens mariés, d'hommes de tout état, qui
portaient publiquement les insignes d'un ordre religieux, et s'astreignaient à ses pratiques dans le secret
de leurs maisons. L'esprit d'association qui régnait au
moyen âge, et qui est celui du christianisme, favorisa
ce mouvement. De même qu'on appartenait à une famille par le sang, à une corporation par le service
auquel on s'était uni, à un peuple par le sol, à l'Église
par le baptême, on voulait appartenir par un dévouement de choix à l'une des glorieuses milices qui ser-
vaient Jésus-Christ dans les sueurs de la parole et de
la pénitence. On revêtait les livrées de saint Dominique ou de saint François, on se greffait sur l'un de
ces troncs pour vivre de leur sève, tout en conservant
encore sa propre nature. On fréquentait leurs églises;
on participait à leurs prières; on les assistait de son
amitié; on suivait d'aussi près que possible la trace de
leurs vertus. On ne croyait plus qu'il fallût fuir du
monde pour s'élever à l'imitation des saints; toute
chambre pouvait devenir une cellule, et toute maison
une thébaïde. Ainsi l'esprit de Dieu prend cœur à son
ouvrage avec le temps; il proportionne les miracles
aux misères; après avoir fleuri dans les solitudes, il
s'épanouit sur les grands chemins... »

Ce fut vers 1221 que notre séraphique père initia à
ce nouveau genre de vie le marchand Luchesio, homme
auparavant factieux et avare, que sa parole et ses
exemples avaient touché et converti. Luchesio et son
épouse ayant prié saint François de leur tracer une
règle de vie appropriée à leur état, François répondit
avec cette simplicité évangélique qui faisait son ca-

ractère : « J'ai songé depuis peu à instituer un troisième ordre, où les personnes mariées pourront servir Dieu d'une manière plus parfaite; et je crois que vous ne sauriez mieux faire que d'y entrer. » Luchesio et Bonna-Donna demandèrent à être admis dans le nouvel institut. Saint François leur fit prendre un habit de couleur cendrée, avec une corde à plusieurs nœuds pour ceinture, et leur prescrivit de vive voix quelques pratiques, jusqu'à ce qu'il eût composé sa règle. Comme toujours, le saint patriarche avait pour ses enfants les paroles bénies de la multiplication. L'ordre grandit; toutes les classes de la société s'y fusionnèrent dans un esprit commun d'humilité, de pauvreté et de pénitence. Sa règle fut accueillie dans toute l'Europe; en Italie, par exemple, le nombre des tertiaires était si considérable, que Pierre des Vignes, ce légiste connu par sa haine du saint-siège, écrivait à son maître, Frédéric II, empereur d'Allemagne : « L'esprit répandu dans la population italienne par les frères mineurs, à l'aide d'une nouvelle société, est plus redoutable à vos projets que les armées les plus nombreuses. On ne trouve plus personne qui ne fasse partie de cet institut. » Les annales de l'ordre font mention de cent trente rois ou reines qui revêtirent les livrées de la pénitence, en Espagne, en Portugal, en Hongrie, en Pologne, dans le Danemark, la Norwège, la Suède, etc. En France, nous avons Louis VIII et son épouse Blanche de Castille; Louis IX, Marguerite de Provence, et Blanche, leur fille; sainte Jeanne de Valois, Anne et Marie-Thérèse d'Autriche, la mère de l'épouse de Louis XIV; cette dernière fit profession le 18 octobre 1661, au couvent des frères mineurs de l'observance, à Paris, et fut élue supérieure de la fraternité qui y était établie. On pourrait encore citer un très

grand nombre de hauts personnages, de riches seigneurs, des évêques, des cardinaux, dix souverains
pontifes, dont le dernier est l'immortel Pie IX, reçu
en 1821, au couvent de Saint-Bonaventure, que les
frères de l'observance possèdent à Rome. Les sentiments de ces hommes illustres semblent résumés dans
ces paroles que le cardinal de Fréio adressait, en 1623,
au père Luc Wading : « Vous me louez, disait-il, de
ce qu'après avoir été revêtu du cardinalat, j'ai pris
l'habit et fait profession de la règle du tiers ordre de
notre père saint François. Pouvais-je moins faire que
de me dévouer entièrement à son ordre, moi qui reconnais lui devoir tout ce que j'ai et tout ce que je
suis? Le cordon de Saint-François ne mérite-t-il pas
de ceindre même la pourpre royale? Saint Louis, roi
de France, et sainte Élisabeth de Hongrie l'ont porté,
ainsi que plusieurs autres souverains et souveraines.
De nos jours, Philippe III, roi d'Espagne, est mort avec
l'habit de ce bienheureux père ; la reine Élisabeth,
épouse de Philippe IV, et la princesse Marie, sœur de
ce monarque, ont fait profession du tiers ordre. Pourquoi vous étonnez-vous qu'un cardinal couvre sa pourpre
d'un habit de couleur de cendre et se ceigne d'une corde?
Si ce vêtement paraît vil, il ne m'est que plus nécessaire en ce moment où, élevé dans l'Église au faîte
des honneurs, je dois m'appliquer à une humilité plus
profonde pour éviter l'orgueil. Mais l'habit cendré de
Saint-François n'est-il pas une véritable pourpre teinte
dans le sang de Jésus-Christ et dans le sang qui est
sorti des stigmates de son serviteur? Elle donne la
dignité royale à tous ceux qui la portent. Qu'ai-je donc
fait en me revêtant de ce saint habit? J'ai joint la
pourpre à la pourpre, la pourpre de la royauté à la
pourpre du cardinalat. Ainsi, bien loin de m'être

abaissé, j'ai lieu de craindre de m'être fait trop d'honneur et d'en tirer trop de gloire. »

C'est aux fruits qu'on connaît l'arbre ; nous ne pouvons donc mieux faire ressortir l'excellence de l'ordre de la Pénitence qu'en détachant çà et là, dans ses rameaux vigoureux, quelques-uns des fruits d'élection qui y abondent, pour réveiller, par leur seul nom, le souvenir et la gloire qui en sont inséparables. L'ordre de la Pénitence compte parmi ses gloires : saint Louis, roi de France, patron des frères du tiers ordre ; saint Ferdinand, roi de Castille ; saint Elzéar, comte Pétriano, et la bienheureuse Delphine de Glandèves, son épouse ; saint Ives de Bretagne, surnommé l'avocat des pauvres ; saint Roch de Montpellier, saint Charles Borromée ; le bienheureux Pierre de Sienne, surnommé le Vincent de Paul du xive siècle ; le bienheureux Luchesius, premier membre du troisième ordre ; le bienheureux Benoît Labre, etc. etc. Parmi ses saints martyrs, on remarque dix-sept tertiaires japonais, qui scellèrent de leur sang la foi de Jésus-Christ, en même temps que six religieux de l'observance. On y voit aussi le bienheureux Raymond Lulle, qui évangélisa l'île de Majorque, et vingt-deux autres tertiaires martyrisés encore au Japon, auxquels l'Église décernait en 1867 les honneurs de la béatification, ainsi qu'à dix-huit franciscains de l'observance, leurs guides dans le martyre. Les vierges sont nombreuses et illustres : sainte Rose de Viterbe, morte à l'âge de douze ans ; sainte Angèle de Mérici, fondatrice des ursulines ; la bienheureuse Viridiane, la bienheureuse Jeanne de Signa, sainte Marie-Françoise-des-Cinq-Plaies-de-Notre-Seigneur-Jésus-Christ, morte à Naples en 1791, etc.

Parmi ses veuves, qui ne connaît la *chère* sainte Élisabeth de Hongrie, patronne des sœurs ; sa nièce,

sainte Élisabeth, reine de Portugal; sainte Françoise
Romaine, sainte Jeanne de Valois, reine de France?
Citons encore la bienheureuse Louise d'Albertoni, la
bienheureuse Micheline, la bienheureuse Paule Gam-
bara, la bienheureuse Humiliane, la bienheureuse
Marie de Maillé, si vénérée dans le diocèse de Tours,
etc. Le tiers ordre a eu aussi ses pénitentes : sainte
Marguerite de Cortone, et la bienheureuse Angèle de
Foligno. De nos jours, sa fécondité merveilleuse n'est
point éteinte, et le général des franciscains de l'observance s'occupe en ce moment de faire placer sur les
autels de nombreux tertiaires, qui sont presque nos
contemporains. Pendant son glorieux pontificat, notre
bien-aimé pontife Pie IX a élevé *quarante* tertiaires
aux honneurs du culte public. Disons enfin que le tiers
ordre a donné à la famille séraphique plus de soixante-
douze saints ou bienheureux, dont le culte est approuvé par l'Église. Les fondateurs de douze ordres
ou congrégations religieuses ont puisé dans le tiers
ordre les grâces abondantes qui sont nécessaires à de
pareilles entreprises. Citons saint Vincent de Paul, le
cardinal de Bérulle et M. Olier, le modeste et saint
fondateur de la compagnie de Saint-Sulpice, qui fit
profession, à Paris, chez les pères de l'observance.

Le vénérable curé d'Ars, mort le 4 août 1859, considérait le tiers ordre, dont il était membre, comme
un puissant moyen de ranimer dans les cœurs l'amour
de Dieu et les vertus chrétiennes; aussi, comme il nous
l'a dit à nous-même, aurait-il voulu le voir se répandre
dans toutes les paroisses.

Les tertiaires ont encore pour protecteurs les saints
si nombreux du premier et du second ordre; car ils ont
un même père, et appartiennent à la même famille.

Certains tertiaires, désireux d'une vie plus parfaite,

vivent dans le cloître, joignant les vœux de religion à
la règle du tiers ordre. C'est ainsi que se sont sancti-
fiées la bienheureuse Angéline de Marciano, la bienheureuse Élisabeth de Souabe, sainte Hyacinthe de
Mariscoti, la bienheureuse Lucie de Salerno, la vénérable Marie-du-Crucifix, morte à Viterbe en 1773, etc.
En France, l'institut du tiers ordre régulier florissait
avant la grande révolution; il a été restauré depuis,
et après de nombreuses vierges, dont la maison mère
est à Vichy, consacrent leur vie dans ses monastères
à la contemplation et à toutes les œuvres de zèle et de
charité.

Le tiers ordre de Saint-François a toujours été en-
touré d'une particulière prédilection par le siège apostolique. Plus de cent neuf bulles renferment les témoignages de sa bienveillance et de sa protection. La
régle, approuvée d'abord par Honorius III et Grégoire IX, le fut ensuite plus solennellement par Nicolas III, qui en renferma l'exposé dans sa bulle *Supra
montem*. Plus de *quarante* souverains pontifes se sont
depuis occupés du troisième ordre de Saint-François
pour en proclamer le mérite, pour le défendre contre
les attaques de ses adversaires, l'enrichir de privi-
lèges et d'indulgences; et les tertiaires de France, si
prodigieusement multipliés de nos jours, ont l'insigne
bonheur de posséder plusieurs bulles qui leur ont été
adressées par le pape Pie IX. Dès son origine, deux
conciles généraux, celui de Vienne et celui de Latran,
donnèrent à l'ordre de la Pénitence la plus haute confirmation. Nous citerons entre tous ces témoignages
l'extrait d'une bulle de Grégoire IX, bien propre à
éclairer ceux qui auraient nourri jusqu'ici de fausses
préventions contre le tiers ordre : « Quiconque, dit le
pape, aura la hardiesse de *critiquer*, d'*attaquer*, ou

de *tourner en dérision* le troisième ordre, en disant, par exemple, que cet ordre, établi en faveur des personnes mariées ou libres, n'est ni *bon* ni *utile,* encourra la malédiction de Dieu et de ses saints apôtres Pierre et Paul. Quiconque dira que, dans la formule de profession du troisième ordre, on ne devrait pas prononcer ces paroles : « Je promets d'observer les « commandements de Dieu, » parce qu'elles sont inutiles et vaines, sera frappé du même anathème. Quiconque, sans attaquer, sans désapprouver le troisième ordre, ose néanmoins *empêcher* ou *détourner* quelqu'un d'y entrer, commet *une faute grave,* parce qu'il empêche un grand bien et met obstacle au profit spirituel d'une âme. Peut-on abuser plus indignement de la bonté de Dieu que de dissuader de leurs pieux desseins ceux qui désireraient servir le Seigneur en se convertissant à lui? Ignore-t-on qu'ils sont maudits de Dieu, ceux qui éloignent leurs frères de son service? » L'ordre de la Pénitence n'est point une pieuse association, ni une confrérie, ni un ordre mitigé ou incomplet. C'est un ordre véritable et proprement dit, qui assure aux tertiaires les bénéfices spirituels de la vie religieuse, en leur en facilitant les pratiques et les vertus. Benoît XIII, dans la constitution *Paterna sedis,* du 10 octobre 1725, s'exprime ainsi : « Pour nous opposer aux calomnies des détracteurs de ce saint ordre, suivant en cela l'exemple de nos prédécesseurs, qui l'ont approuvé, confirmé et hautement loué, nous jugeons et déclarons que ce même ordre a toujours été, et qu'il est encore saint, méritoire et conforme à la perfection chrétienne, qu'il constitue un ordre véritable et proprement dit..., puisqu'il a sa règle particulière, approuvée par le saint-siège, son noviciat, sa profession, et un habit d'une certaine forme, selon la pratique des autres

ordres, tant religieux que militaires. » Et dans sa bulle
Ad nostram audientiam, publiée en 1728, Benoît XIII
ajoute : « Ces tertiaires, quoique séculiers, doivent être
assimilés aux religieux, puisque leur institut a été
établi par saint François sous le nom de troisième
ordre, qu'il a été approuvé par le saint-siège et enrichi d'un nombre considérable de grâces et de pri-
vilèges, naguère confirmés par nous-même, dans la
constitution *Paterna sedis;* d'où il suit que, dans les
cérémonies religieuses, ce troisième ordre doit *avoir
la préséance sur toutes les confréries laïques.* »

Ce saint institut est donc, de sa nature, un ordre
véritable, un état de perfection, et c'est grâce aux puis-
.sants moyens de sanctification dont il dispose qu'il a
pu donner au ciel tant de bienheureux. « Le tiers
ordre, nous dit un pieux auteur, se rattache aux deux
premiers ordres par la sainteté de sa fin, par l'emploi
de ses moyens et par l'étendue de la consécration qu'on
y fait de soi-même à Dieu. » Les tertiaires doivent
donc s'appliquer soigneusement à se pénétrer de l'esprit de leur saint institut en étudiant les doctrines et
les exemples de son fondateur. Comme saint François,
ils s'attacheront à l'humilité, si grande en lui, qu'il ne
voulut jamais accepter le sacerdoce. Le nom même
d'*ordre de la Pénitence,* qu'il a donné à son œuvre,
leur rappellera qu'ils doivent mener une vie de mortification et de prières pour être ses fidèles disciples.
Enfin les tertiaires s'attacheront avec amour à l'esprit
de cette sublime pauvreté pour laquelle leur séraphique
père avait une si grande prédilection; car elle fut le
seul héritage qu'il légua à ses enfants, le fondement
sur lequel il plaça son œuvre immense et à laquelle il
donnait aussi un caractère de perpétuelle stabilité :
« Il faut que ceux qui acquièrent soient comme s'ils

ne possédaient pas; ceux qui usent des choses de ce
monde comme s'ils n'en usaient pas, car la scène de
ce monde passe (*S. Paul*) [1]. »

[1] Extrait du *Petit Manuel du tiers ordre de Saint-François*, par
le T. R. P. Léon, ex-provincial des franciscains. — Bordeaux, chez
Brion, 41, rue Saint-François. Prix : 1 fr.

FIN

TABLE

—

CHAPITRE I

CHAPITRE II

CHAPITRE III

CHAPITRE IV

CHAPITRE V

CHAPITRE VI

TABLE 215

CHAPITRE XII

CHAPITRE XIII

CHAPITRE XIV

19362. — Tours, impr. Mame.

BIBLIOTHÈQUE ÉDIFIANTE

Tours. — Imprimerie Mame.